En Amazonie

DU MÊME AUTEUR

Derrière les lignes du Front, Golias, 2011.

Jean-Baptiste Malet

En Amazonie

Infiltré dans le « meilleur des mondes »

FAYARD

Couverture : Off, Paris.

ISBN : 978-2-213-67765-1

Pour son pic d'activité à l'approche des fêtes de Noël 2012, Amazon recrute des milliers d'intérimaires. Pour la première fois en France, un journaliste décide d'infiltrer un entrepôt logistique de la multinationale. Il intègre l'équipe de nuit.

Tous les prénoms ont été changés.

I

Au cœur d'un immense champ de béton planté d'enseignes délavées et de panneaux publicitaires, quatre pneus mouillés glissent sur la route d'une zone industrielle. Le reflet d'un énième rond-point s'accroche au miroir du rétroviseur, puis rétrécit en une tache soudain disparue. Droit devant, par-delà le balayage des essuie-glace, une forme grise devient nette. Sous le déluge, l'embranchement est annoncé par un panneau de fer ruisselant :

AMAZON.FR
LOGISTIQUE

L'automobile longe lentement le grillage ceinturant un immense bâtiment de tôle percé de dizaines de quais de débarquement pour poids lourds. Sur le parking, de l'autre côté de la clôture, les très nombreux véhicules des salariés sont parfaitement alignés et garés en marche arrière. Je ne déroge pas à la règle, coupe mon moteur, puis cours sous les trombes d'eau en direction du site que le service de presse de la multinationale états-unienne refuse de faire visiter aux journalistes. Je gravis un petit escalier de fer et pousse l'une des deux portes d'entrée. Me voici à l'abri de la pluie, face au comptoir de la sécurité où se tasse une dizaine de vigiles en uniforme. Au-dessus de la tête des agents de sécurité a été accrochée une plaque commémorant l'inauguration de l'entrepôt, trois années auparavant, dédicacée au stylo indélébile par des cadres de la multinationale : « Vive l'économie numérique ! » dit l'une des signatures.

À cinquante mètres derrière eux, quatre tourniquets de fer permettent d'accéder à l'atelier. Au bout de ce couloir, dans sa perspective, surgit un immense rempart de marchandises. Une folle quantité de cartons filmés s'entasse sur d'immenses palettes aériennes. Le formidable amas est supporté par une colossale structure métallique peinte en bleu autour de laquelle voltige un ouvrier équipé d'un casque et d'un harnais. La muraille de produits manufacturés s'élève en un gigantesque totem sous la charpente en bois contre laquelle serpentent des canalisations rouge sang. Du ciel de tôle pendent des fils électriques, comme des lianes, pour que brûlent dans l'entrepôt de parfaites rangées de puissants soleils artificiels. Sous cette méchante lumière, les rotations des équipes de travailleurs postés s'enchaînent sans fin.

Déjà claquent les portes des casiers métalliques. Il est l'heure. Avant d'accéder à l'atelier, tous les employés quittent leur vestiaire et passent devant le troupeau d'agents de sécurité aux gros bras croisés ; des grésillements s'échappent de leurs talkies-walkies. Derrière l'écran d'un ordinateur, un homme en pull-over anthracite scrute attentivement l'image d'un travailleur accroupi manipulant dans la zone sécurisée des boîtes de téléphones portables. La barbichette enfoncée dans la paume de sa main, le vigile ne redresse son crâne rubicond rasé de frais que pour changer le canal de la vidéo-surveillance. Pour tuer le temps, un autre homme en noir fait tapoter dans la paume de sa main gauche le bout de son détecteur de métaux, long comme une matraque, qu'il tient dans la droite. Les cadenas à code que les travailleurs viennent de verrouiller oscillent encore aux portes des armoires métalliques, accomplissant d'ultimes mouvements de balancier avant de s'immobiliser tout à fait pour de longues heures. Dans l'un de ces vestiaires, un panneau sur lequel sont punaisées des photographies : les clichés des travailleurs sont légendés de mots anglais. S'en détache, en majuscules, la devise de l'entreprise :

WORK HARD
HAVE FUN
MAKE HISTORY

J'inspire. Je pince la carte électronique de couleur verte qui pend autour de mon cou, sur laquelle sont imprimés mon nom, mon prénom, ma photographie et mon code-barres, pour la glisser sur le boîtier électronique du portique d'entrée. Un bruit sourd enclenche le mécanisme qui m'autorise l'accès à l'atelier. Ma cuisse gauche s'écrase contre la froide barre du tourniquet de fer. Soudain, la rotation. Mon souffle se coupe. J'entre dans la zone de travail, décidé à percer le secret qu'organise minutieusement Amazon autour de ses activités logistiques.

Au sol sont peintes de nombreuses lignes signalétiques de couleur. Toutes s'étirent devant la pointe de mes chaussures de sécurité sur une telle distance qu'elles s'évanouissent dans le lointain. Une parmi d'autres, la bleue est censée sécuriser la circulation des piétons et matérialise un couloir interdit au chassé-croisé des nombreux engins de manutention. Je ne fais que suivre la foule des embauchés qui marche à travers les stocks profus des entrepôts compartimentés en zones. La traversée se fait dans un lourd silence ; on n'entend que le crissement des chaussures de sport que portent la plupart des employés, en fonction de leur poste de travail. Parfois, quelques mots échangés. La marche à travers les hangars dure très exactement deux minutes. Enfin, voici la pointeuse devant laquelle il s'agit de présenter une nouvelle fois son badge électronique. L'écran affiche le nom du salarié, l'heure exacte, et valide le tout d'un « bip ». Après le ballet des doigts et des cartes, chacun rejoint le demi-cercle des gilets sans manches orange fluo qui attendent la prise de poste. Il est 21 h 27. Dans trois minutes très exactement, la sonnerie générale va retentir, constituée de quatre notes de xylophone amplifiées, depuis les haut-parleurs, et les managers vont annoncer les objectifs de productivité pour cette nouvelle nuit de travail.

Nous sommes à Montélimar (Drôme), dans l'un des entrepôts logistiques du nouveau géant de l'industrie culturelle. Champion du commerce sur Internet, Amazon en est le numéro un mondial. En 1995, année de son lancement, la légende dit que l'entreprise ne disposait que du garage de 40 m^2 de son fondateur. Désormais milliardaire, élu homme d'affaires de l'année 2012 par le magazine *Fortune*, Jeff Bezos a vu son entreprise passer de deux entrepôts de 28 000 m^2 aux États-Unis en 1997 à bientôt près de soixante-quinze dans le monde : la superficie de ses unités logistiques cumulées s'élève à plus de deux millions de m^2. Et elle ne cesse de s'accroître. Amazon compte plus d'une centaine de millions de clients. Le logo de la multinationale, une flèche symbolisant à la fois un sourire et la « satisfaction du client de A jusqu'à Z », est devenu l'emblème d'un empire. Si les internautes connaissent la page d'accueil du célèbre site Internet, le plus grand nombre ignore ce qu'il se passe derrière leur écran, une fois la commande validée, lorsque l'économie numérique présumée virtuelle redevient réelle.

Je lève la tête et contemple le hangar de la cellule 6 où je me trouve. À Montélimar, c'est sur plus de 36 000 m^2 que s'étale l'usine. « Usine », car les entrepôts logistiques d'Amazon sont organisés selon une chaîne de production, avec une division des tâches très stricte. Si l'usine ne fabrique pas de la marchandise, elle *produit* littéralement des colis. Ici, les articles, de nature extrêmement diverse, qui se trouvent temporairement stockés dans l'entrepôt – des livres, des disques, des DVD, des jeux vidéo, des vêtements, des aspirateurs et bien d'autres produits encore – sont la matière première des colis à produire. En masse. C'est pour cela que deux équipes de travailleurs sont constituées, strictement séparées et autonomes l'une de l'autre. Il y a celle de la « réception », appelée *inbound*, dont le régiment d'ouvriers a pour mission de recevoir et de stocker dans les entrepôts les produits acheminés et livrés par les transporteurs routiers. Et il y a la cohorte de la « production », dite *outbound*, qui prélève les produits dans les différents stocks afin de les placer sur les lignes de production. Sur ces lignes, une autre sous-division d'employés de la production entre alors en action : elle est assignée à l'empaquetage à la chaîne. Par « stockage », « prélèvement dans le stock » et « empaquetage à la chaîne », il faut à chaque fois bien comprendre qu'il s'agit d'un *process* industriel informatisé, de très haut standard technologique.

Je parcours du regard les panneaux qui se dressent derrière les travailleurs rassemblés avant leur prise de poste. Attendant les consignes de productivité données par les managers avant que ne débute l'ouvrage, tous profitent de ces dernières secondes pour se saluer ou se dire un mot. Derrière eux, les panneaux lumineux affichent chiffres et records historiques de production, ainsi que des listes de noms, de tâches, de *process*, de règles de sécurité et de courbes : « 110 000 produits expédiés » en une seule journée d'activité, tel est le record de cet entrepôt logistique.

J'observe l'équipe de nuit qui m'entoure. Ces visages, ce sont ceux de Français que je suis venu rencontrer. Invisibles pour l'internaute qui achète sur le site du commerçant en ligne, ils sont quelques-uns des dizaines de milliers d'employés d'Amazon dans le monde. Officiellement, ils seraient plus de quatre-vingt mille, un chiffre auquel s'ajoute un très grand nombre de travailleurs temporaires. Ces femmes et ces hommes créent la richesse d'une entreprise qui a réalisé en 2012 plus de 61 milliards de dollars de chiffre d'affaires à l'échelle planétaire.

La puissante sonnerie vient de retentir. Je ne parviens pas à détourner mon regard de l'incroyable convoyeur qui trône au milieu du hangar. Cette pieuvre métallique, dont les quatre longues tentacules rectilignes constituent les lignes de production, achève de vous convaincre qu'il s'agit bien d'une usine au sens traditionnel du terme. Ce convoyeur à tapis roulant très sophistiqué est dénommé ici le *slam*. C'est face à lui que les ouvriers appelés *packeurs* réalisent à la main chaque colis d'emballage en carton siglé Amazon avant de le pousser sur les roulements. Nuit et jour, toutes les nuits et tous les jours, la pieuvre avale des centaines de milliers de produits emballés de carton que la machine estampille, seule, à l'adresse des clients. Une fois les paquets arrivés à la hauteur de sa gueule informatisée, la pieuvre répartit les colis entre plusieurs immenses toboggans industriels où ils glissent en tire-bouchon vers d'énormes bacs. Certains sont estampillés « Deutsche Post » ou « Royal Mail », car les stocks des différents entrepôts Amazon sont mutualisés par informatique. Un entrepôt installé sur le territoire national expédie aussi bien des articles destinés à la France qu'à l'étranger *via* plusieurs opérateurs du marché postal ouvert à la concurrence. Ici, 50 % du volume est confié au deuxième opérateur de colis express en Europe, La Poste. Amazon est un très gros client du premier opérateur postal français, société anonyme à capitaux publics.

« Félicitations à tous », débute d'une voix tonique et enjouée le *manager* qui vient d'allumer son micro. Instantanément chacun se fige, se tait et écoute. Derrière le gilet sans manches orange fluo du *manager* à l'arrière-plan, s'élève un gigantesque mur de parpaings à vif. La voix, diffusée par un haut-parleur en direction des travailleurs, se répand dans l'immensité du hangar. Les ouvriers en CDI se distinguent des intérimaires, car ils revêtent une veste polaire grise brodée « Amazon ». Tous les regards convergent vers le supérieur hiérarchique : « Dans la nuit d'hier, nous avons dépassé le plan ! Si nous avons pu réaliser cette performance, c'est grâce à ceux qui ont accepté de faire hier des heures supplémentaires entre 4 h 50 et 5 h 50. Un très, très grand merci à eux. Nous pouvons les applaudir. (*Applaudissements pavloviens.*) Ce soir, nous avons 19 000 unités à faire, et le volume commence à arriver. Alors bon courage, bon travail et bonne nuit à tous. »

II

Un mois plus tôt, je n'étais pas encore embauché chez Amazon. J'avais toutefois décidé de me donner les moyens de l'être. Pour cela, il fallait que j'aille m'installer, provisoirement, à deux cents kilomètres de chez moi.

Depuis le paisible wagon vide où j'ai pris place, je regarde défiler en un long travelling le Rhône et ses rives aménagées d'infrastructures modernes. Ce n'est ni par désir d'accomplir une performance ni par romantisme que je me lance dans cette aventure qui devrait me prendre quelques semaines. C'est afin de percer l'incompréhensible secret qui entoure les activités de cette société phare du commerce en ligne. Lors d'un travail de repérage aux abords de l'entrepôt logistique, plusieurs mois auparavant, dans le cadre d'un reportage, je m'étais heurté au refus systématique des travailleurs, entrant et sortant du site logistique, de me parler, ne serait-ce que pour évoquer d'un mot leurs conditions de travail. Tous, sans exception, m'avaient répété qu'ils n'avaient absolument pas le droit de s'exprimer, qu'ils n'étaient pas autorisés à donner la moindre information sur la vie dans l'entrepôt : il me fallait impérativement prendre contact avec le service de presse, seul interlocuteur autorisé à s'adresser à un journaliste. Tous se vivaient comme dénués du droit de s'exprimer. Le site logistique, protégé par une équipe de vigiles, paraissait aussi fermé qu'une base militaire. Pourquoi des ouvriers ne pourraient-ils pas parler de leur quotidien à la chaîne ? de leurs conditions de travail, alors que le code du travail leur permet de le faire ? Pourquoi le client d'Amazon devrait-il tout ignorer de l'organisation que suppose chacune de ses commandes ? Pourquoi ne devrait-il avoir aucune idée des tâches effectuées pour qu'il soit servi en temps et heure ? Y aurait-il quelque chose à cacher ? Pourquoi un journaliste accepterait-il de s'en remettre aux argumentaires pré-mâchés de la multinationale pour écrire ses articles ? Pourquoi ne pourrait-il pas vérifier par lui-même cette réalité dérobée aux regards ?

Dans un monde déclaré ouvert et transparent par la vertu d'Internet, où l'information circule à la vitesse de la lumière, prétendument sans limite aucune, partout s'élèvent chaque jour de hauts murs qui ceignent les zones de production et de diffusion des marchandises. Peu importe qu'elles se situent en Chine ou en France, ces zones ne sont pas des abstractions : elles forment le maillage vital de l'économie mondiale. Des hommes y travaillent, et il est devenu impossible d'en rapporter des images ou des informations. C'est notamment le cas en Chine, pays où l'usine Foxconn fabrique un très grand nombre de produits électroniques, parmi lesquels ceux d'Apple ou la liseuse Kindle d'Amazon. Serait-ce qu'il faut faire croire que les géants de l'Internet ont rompu avec le « vieux monde » de l'industrie, avec les cheminées d'usine fumantes et les gueules noires ou grises ? Bien loin de l'« usine du monde », dans une société démocratique telle que la France, on ne voit pas pourquoi il serait interdit de rapporter comment travaillent au quotidien des ouvriers sur un site industriel drômois. Il suffisait de s'en donner les moyens.

Assis dans ce train, je n'ai donc qu'un seul but : découvrir le vrai visage de la multinationale au-delà de son moteur de recherche et de ses pages de catalogue. Je veux aller à la rencontre des femmes et des hommes qui travaillent à l'intérieur de ses entrepôts, dont l'organisation et le fonctionnement sont secrets, délibérément fermés aux citoyens.

En 2008, une journaliste du *Sunday Times*, Claire Newell, s'était infiltrée une semaine durant dans un entrepôt anglais d'Amazon. Elle en avait rapporté un récit édifiant[1].

En France, le groupe Amazon a ouvert le 31 août 2000 son premier site logistique de 47 000 m^2 à Saran (Loiret), le jour du lancement du site Amazon.fr. Un second entrepôt, à Montélimar, est entré en service en

1. Claire Newell, « Revealed : Amazon staff punished for being ill », *Sunday Times*, 14 décembre 2008.

2010, ainsi qu'un troisième à Sevrey (Saône-et-Loire) de 40 000 m^2 en septembre 2012. Au printemps 2013, le groupe Amazon s'emploie à en ouvrir un quatrième à Lauwin-Planque (Nord). Ce dernier projet porte sur la construction d'un site titanesque de 90 000 m^2, supplantant en taille et en puissance opérationnelle tous ceux déjà exploités sur le territoire national.

Dans la rame du train express régional, je lis une dernière fois les coupures de journaux en ma possession. Ces articles sont posés devant moi, notamment ceux annonçant que l'État français et les collectivités locales ont décidé de subventionner la création du troisième entrepôt français d'Amazon et qu'ils envisagent aussi de le faire pour le quatrième, en projet.

À l'automne 2012, tandis que les fermetures de librairies et de supermarchés culturels s'accélèrent, Amazon affiche d'insolents taux de croissance à deux chiffres et investit sans relâche. Son fondateur, Jeff Bezos, s'en félicite : « L'expansion de la capacité de distribution d'Amazon est la plus rapide qui ait jamais eu lieu en temps de paix[1]. » Pour le seul territoire des États-Unis, Amazon vendra jusqu'à 300 articles à la seconde durant les fêtes de Noël 2012.

En France, en dépit de la loi Lang dite du « prix unique du livre » limitant la possibilité de remise sur un ouvrage à 5 % de son prix de vente fixé par l'éditeur, la concurrence d'Internet est d'une incroyable

1. Richard L. Brandt, *Amazon, les secrets de la réussite de Jeff Bezos*, Éditions Télémaque, 2012.

violence, pour les librairies indépendantes, grandes ou petites, comme pour les leaders, naguère, de la grande distribution spécialisés dans les produits cultuels (Fnac, Virgin, etc.). Amazon pratique, en plus de la remise légale des 5 %, la livraison gratuite des livres commandés par ses clients. Ces conditions de vente ont déjà fait l'objet d'une bataille judiciaire. Le Syndicat de la librairie française (SLF) a assigné Amazon en janvier 2004 pour viol des dispositions de la loi Lang, pour vente à perte et concurrence déloyale, et dommage causé à la profession de la librairie indépendante : Amazon avait mené en 2002 et 2003 une opération commerciale consistant à offrir à ses nouveaux clients un chèque de bienvenue de 5 euros, à valoir pour tout achat d'une valeur minimale de 10 euros. Au contentieux a été jointe en 2006 la gratuité des frais de port pour toute commande de livre, appliquée depuis 2002. En première instance, la société Amazon.fr a été condamnée le 11 décembre 2007 par le tribunal de grande instance de Versailles à 100 000 euros de dommages et intérêts pour vente à prime illicite, vente à perte et remise illégale. La « vente à perte » visait directement la pratique de la livraison gratuite. Le jugement en première instance interdit la livraison gratuite des livres sous peine d'astreinte financière journalière, pour un délai d'un mois après cette décision de justice, à l'issue duquel il est prévu qu'il sera à nouveau statué sur ce point particulier des conditions de vente. Or, il n'en sera rien. Alors qu'Amazon orchestre depuis des semaines une campagne en défense de ses intérêts, monte une pétition et bombarde ses clients de messages pour qu'ils harcèlent le Syndicat de la Librairie française (SLF), la Cour de cassation rend, dans une affaire similaire concernant un autre vendeur de livres par Internet, un arrêt le 6 mai 2008 qui met un terme à toute contestation sur ce point : « La prise en charge par le vendeur du coût afférent à l'exécution de son obligation de délivrance du produit vendu ne constitue pas une prime au sens des dispositions du code de la consommation. » Autrement dit, la gratuité des frais de port n'est pas une violation de la loi Lang.

Le législateur français avait-il bien en tête qu'il allait être le spectateur de la disparition des points de vente physiques du livre ?

Amazon a poursuivi au galop son expansion. En 2002, la part de marché des ventes de livres par Internet était de 2,2 %. Aujourd'hui, l'Observatoire de l'économie du livre indique, dans sa dernière synthèse en date de mars 2012, qu'elle s'est élevée à 13,1 % pour l'année 2010. Amazon rafle de très loin la plus grosse part du gâteau du commerce numérique du livre, dont la taille croît au rythme effréné de plus d'un point de part de marché par an. Selon certains observateurs du milieu du livre, Amazon vend désormais à lui seul plus de 8 % des livres en France. Une performance hors du commun qui ne devrait pas s'arrêter là... Tout du moins tant qu'aucun coup d'arrêt ne sera mis à son expansion.

À l'origine, en 1995, Amazon ne vendait que des livres. La multinationale a depuis largement diversifié son offre. Une simple visite sur son site Internet suffit d'ailleurs à se convaincre que le livre n'est plus, et de loin, le seul « produit » que la multinationale propose à ses clients. Actuellement, en Europe, Amazon vend à peu près tout ce qu'un consommateur lambda achète et qui ne relève pas de l'alimentaire – ce qui n'est pas le cas aux États-Unis, où Amazon s'est mis à vendre de la nourriture. En France, Amazon.fr est tout simplement le numéro un de la vente en ligne. Avec plus de 11 millions de visiteurs par mois, ses performances sont poussées par l'essor d'un secteur en pleine expansion. La Fédération de l'e-commerce et de la vente à distance, regroupant les entreprises du secteur, considère que les ventes sur Internet ont atteint 45 milliards d'euros de chiffres d'affaires en 2012 et que près de 32 millions de Français achètent désormais sur Internet, dont 90 % des 25-34 ans[1].

Les effets économiques, tant attendus et tant vantés par certains, de la « révolution numérique » commencent à se faire sentir, même si personne ne peut décrire précisément toutes ses conséquences et leurs interactions entre elles sur le long terme. Les librairies

1. Chiffres de la Fédération e-commerce et vente à distance : « Près de 32 millions de Français achètent sur Internet, soit +1,4 million sur un an » (15 novembre 2012), et « Bilan e-commerce 2012 » (24 janvier 2013).

et autres réseaux classiques de distribution de livres sont aujourd'hui, au mieux, à la peine, au pire, en très grande difficulté, si ce n'est en dépôt de bilan. Ils semblent victimes d'un phénomène dont les conséquences pourraient être aussi désastreuses qu'elles le furent par le passé, pour les disquaires. S'agit-il des suites de la crise économique de 2008 ou bien de la montée en puissance d'Amazon ? Est-ce la transformation des habitudes d'achat ou des habitudes de consommation des biens culturels ? Dans quelle proportion tel facteur est-il responsable des mutations du marché des produits culturels ? Toujours est-il qu'un seuil pourrait bien avoir été franchi. Au regard des canons de l'économie numérique, la stratégie d'Amazon, l'un de ses fleurons, visant à renforcer encore et toujours sa position, est observée avec beaucoup d'attention.

L'exemple qu'Amazon donne à voir devrait pourtant faire réfléchir à l'heure même où chaque client achetant un produit sur Amazon.fr ne paie presque aucune taxe à l'État français. L'achat n'est en effet pas assujetti à la TVA (taxe sur la valeur ajoutée). Par un savant montage financier dont de malicieux conseillers juridiques ont le secret, Amazon.fr exerce une activité commerciale dont les clients, les stocks (pour la plupart des produits commandés) et les travailleurs se trouvent à peu près tous physiquement en France, mais pour laquelle le tiroir-caisse est situé au Luxembourg. À tel point que, pour les exercices de 2006 à 2010, le fisc français a réclamé à Amazon, en

2012, 252 millions de dollars (198 millions d'euros) d'arriérés d'impôts, d'intérêts et de pénalités liés à la déclaration à l'étranger de son chiffre d'affaires réalisé en France.

Qu'en est-il des conditions de travail et de l'ambiance derrière l'écran pour ses milliers de salariés français ? Tout au long de l'année, de très nombreux journalistes écrivent des articles louangeurs à propos de la firme états-unienne. Il faut dire que l'évolution de sa cotation à Wall Street ainsi que la publication de ses résultats offrent des motifs à commenter avantageusement ses perspectives. Quant à ceux qui souhaiteraient aller au-delà de l'analyse financière, il leur est bien souvent impossible[1] de visiter les entrepôts de la société s'ils en font la demande. Amazon se contente de fournir, de temps à autre, des reportages photographiques de ses sites logistiques par l'intermédiaire de ses attachés de presse. Distribuées gratuitement, ces images semblent donner satisfaction à des journaux avides de prétendus « reportages », pour

1. Comme dans le cas des journalistes du *Journal de Saône-et-Loire*, à qui la visite fut refusée par Amazon lors de l'inauguration de l'entrepôt logistique en septembre 2012. Les rares visites d'entrepôts organisées par Amazon à destination de la presse se font dans le cadre de communications « corporate », lors de visites strictement encadrées par de nombreux attachés de presse, durant lesquelles les employés respectent l'interdiction de parler aux journalistes, pourtant triés sur le volet. Voir notamment « Chalon : Amazon recrute "à l'américaine" », *Journal de Saône-et-Loire*, 2 septembre 2012 ; « Voyage en Amazonie », Radio Campus Orléans, https://soundcloud.com/rco-amazonie/

lesquels il suffit de réécrire les légendes. Pourquoi un tel secret ? C'est ce que je cherche à savoir en rangeant soigneusement mes coupures de presse avant de descendre du train, en gare de Montélimar.

III

Dans la ville, toutes les vitrines des agences de travail intérimaire ont placardé l'annonce. En prévision de son pic d'activité à l'approche des fêtes de Noël, l'entrepôt logistique d'Amazon-Montélimar, comptant 350 postes en CDI, recrute 1 200 intérimaires prêts à travailler comme « agents d'exploitation logistique ». Les agences semblent disposer chacune d'un quota de places, certaines recrutant 100, 150 ou 200 personnes. Après un appel téléphonique, l'envoi d'un courriel contenant mon curriculum vitae, doublé d'un second entretien téléphonique afin de procéder à l'ouverture d'un dossier, j'ai rendez-vous pour une réunion de groupe chez Adecco, l'une des agences d'intérim proposant des missions chez Amazon. D'une durée de deux heures, la réunion se déroule au sein même de l'agence. Tous les demandeurs d'emploi ont fait spécialement l'aller-retour dans la journée, certains viennent de Valence, la préfecture de la Drôme, située à cinquante kilomètres de Montélimar.

« Pour être recruté chez Amazon, il va falloir passer par plusieurs étapes », débute Catherine d'une voix sèche en moulinant des bras sous ses cheveux bruns. Alternant sourire commercial et froideur naturelle, la responsable du recrutement attaque : « D'abord, la première étape, c'est cette réunion collective. Je vais vous donner des informations sur les conditions de travail, sur les salaires, et répondre à vos questions. Pour cette réunion, c'est important de ne rester que si vous êtes super-motivés. J'insiste beaucoup là-dessus. Je ne veux que des gens très motivés. À l'issue de la réunion, si vous êtes très motivés, on prendra rendez-vous pour la deuxième étape. C'est un test écrit, suivi d'un entretien individuel. Si vous réussissez la deuxième étape, vous irez alors faire un test sur site, directement chez Amazon, dans les conditions d'un poste de travail. Au total, il faut avoir la note minimum de 17/20 pour être recruté et travailler chez Amazon. Si jamais vous ratez, vous pouvez repasser les tests dans six mois, mais vous devez toujours passer par la même agence. Vous ne devez absolument pas vous positionner dans une autre agence. Il ne doit y avoir aucune concurrence entre agences. Si jamais nous nous apercevons que vous postulez dans d'autres agences, cela bloque votre candidature et vous ne travaillerez jamais chez Amazon. »

Nous sommes huit, trois femmes et cinq hommes, à vouloir intégrer une usine dont nous ne savons rien. Un homme ayant dépassé la quarantaine se distingue du groupe, les autres ont tous moins de trente ans. Assis, nous écoutons Catherine, debout, parler sans répit. Quand elle fait une pause pour reprendre son souffle, un silence de plomb tombe sur le groupe.

La présentation débute par des données factuelles sur l'entreprise « fondée à Seattle, dont la force est le délai de livraison ». Catherine nous informe ensuite que la taille de l'entrepôt de Montélimar est « équivalente à cinq terrains de football ». Elle aborde très rapidement les règles générales en vigueur chez Amazon. Alors qu'elle nous explique que l'entreprise recrute beaucoup d'intérimaires à partir du mois de novembre, un jeune homme aux mains épaissies par le travail manuel lui coupe la parole et lui lance, frondeur : « En général, quand ça recrute beaucoup, c'est aussi que ça vire beaucoup, non ? » Catherine désamorce son propos et réplique que c'est avant tout parce qu'il y a un surcroît d'activité avant Noël. Toutes les quinze minutes, à de très nombreuses reprises durant cette réunion de deux heures, la responsable du recrutement propose à ceux qui le souhaitent de s'en aller, insistant encore sur le fait que nous sommes « libres » et qu'elle ne veut que des gens « très motivés ».

« Vous verrez, reprend Catherine, là-bas, on est un peu en Amérique. Il y a énormément de vocabulaire anglais qu'il vous faudra maîtriser. Une chose très importante : tout le monde se tutoie chez Amazon.

Est-ce que vous savez pourquoi tout le monde se tutoie chez Amazon ? Si tout le monde se tutoie, c'est parce que ça va plus vite dans le travail quand on est en confiance, que l'on n'a pas peur d'aborder l'autre. Vous devez également tutoyer vos managers, vos supérieurs. Vous devez même tutoyer le directeur si jamais il s'adresse à vous. Pour ce qui est du travail, il y a deux unités. Et pour chaque unité, deux postes vous sont proposés. Cela vous donne le choix de quatre postes auxquels vous pouvez postuler, même si vous n'êtes jamais sûrs d'obtenir le poste pour lequel vous postulez. Il y a d'abord la "*inbound*", la réception, ce sont ceux qui constituent le stock. Deux postes sont proposés. D'abord, la "*each-receive*" : ce sont les "*eachers*". *Eacher*, vous êtes debout pendant huit heures. Il est impossible de s'asseoir ou de s'appuyer. Vous devez être à l'aise avec l'informatique, car vous êtes amené à entrer des données. Ensuite, il y a la "*stow*". *Stower*, vous allez placer les articles dans le stock. Des caristes vous apportent des bacs remplis d'articles. Ils sont au sol. Il faut soulever ces bacs qui sont au sol et ils sont parfois lourds. Si jamais vous avez des problèmes de dos, n'y allez pas. Chez Amazon, les articles n'arrivent pas par centaines. Ils arrivent par tonnes. Vous devez être très concentrés, très vigilants, pendant huit heures. Par la suite, on peut vous apprendre à manipuler et à sortir des bons de livraison. Vous serez formés sur la qualité. La qualité ? Vous aurez deux secondes par article pour vérifier qu'il n'est pas "*damage*". N'oubliez pas que ce sont des Américains. Ils ne rangent pas comme nous. Nous, quand on range des chaussures, on les range avec les autres chaussures. Eux, ils rangent là où il y a de la place. »

Effectivement, chez Amazon, les ouvriers *stowers* rangent là où il y a de la place. Il s'agit d'un désordre très rigoureusement organisé par informatique sur lequel je reviendrai.

« *Stowers*, vous allez dans les très nombreuses allées de stockage situées dans les différentes zones. Dans chaque allée, il y a des étagères de bas en haut avec des petites cases, les "*bins*". »

Je fais remarquer à Catherine, pour faire le lèche-bottes, que chez McDonald's aussi on utilise le mot *bin*, cet endroit où les hamburgers attendent le client en restant au chaud.

« Vous avez fait du McDo ? Super ! Ils vont vous adorer ! » s'enthousiasme-t-elle sérieusement, avant de poursuivre : « Vous avez un chiffre pour chaque rangée. Puis une lettre pour chaque hauteur d'étagère. Puis encore un chiffre pour le niveau exact de l'étagère. C'est une bataille navale en 3 D. *Stowers*, vous rangez les articles qui sont sur votre chariot et vous les rangez là où il y a de la place. Pour que l'ordinateur sache où vous les rangez, vous utilisez votre scannette pour scanner le code-barres qui se trouve au dessous de chaque *bin* et vous rangez l'article. Maintenant, je vais vous présenter les postes de la "*outbound*", la production. Quand vous êtes affecté à l'une des unités, *inbound* ou *outbound*, vous ne pourrez plus jamais en changer.

« En production, il y a *"pick"* et *"pack"*. Les *"pickeurs"* et les *"packeurs"*. *Pick*, on prépare, *pack*, on emballe. *Pickeur*, vous avez un chariot, un panier et votre machine à scanner. Votre scan contient la liste des articles commandés par les clients, il contient la liste des produits que vous devez aller chercher dans les rayonnages. Pour huit heures de travail, vous faites à chaque fois plus de vingt kilomètres à pied par journée. Réfléchissez bien. Vingt kilomètres à pied, cela fait Montélimar-Pierrelatte. Le corps bouge beaucoup. On est souvent accroupi pour récupérer des choses. On peut aussi porter des choses lourdes. Attention niveau santé. L'autre poste de la production, c'est les *"packeurs"*. *Packeur*, vous êtes statiques toute la journée. Vous emballez des colis toute la journée. On vous apprendra la procédure pour caler les articles avec des boules de papier froissé. Le tapis roulant – le convoyeur – est très sophistiqué. Il pèse les colis, les reconnaît, colle l'étiquette de l'adresse et détecte les éventuels problèmes. S'il y a un problème, un coup de poing pousse le colis et il tombe hors du tapis, car le client doit recevoir un beau colis en temps et heure. La devise d'Amazon, c'est servir le client à 200 %. Si vous faites des erreurs, vous pouvez vous faire engueuler. »

Je balaie du regard les visages des demandeurs d'emploi. Tous, l'air grave, ont bien évidemment déjà compris que le travail s'annonce éprouvant. Pour conjurer la vision des mines assombries par ses propos, Catherine répète *ad nauseam*, entre deux informations : « Si vous restez, c'est que vous êtes motivés, je ne veux que des gens motivés, je demande aux autres de partir, je ne leur en voudrai pas. »

La rhétorique est bien rodée. Après chacune de ses phrases-semonces, suivies d'un silence, personne ne bouge. Est-ce la preuve que tout le monde est « très motivé » ? Non. La raison est bien évidemment plus prosaïque. Autour d'un café pris après la réunion collective, je rencontre la moitié du groupe. Tous, sans exception, confient vivre « en galère ». Il y a d'abord Sylvain, un grand gaillard habitué à travailler dans le bâtiment, qui m'explique qu'une mission longue d'un mois et demi, « c'est toujours ça ». Amélie, vingt-quatre ans, a fait une formation médicale pour exercer comme aide-soignante, mais elle ne trouve pas de travail dans sa branche. Elle ne veut « pas rester sans rien faire, alors entre Amazon ou rien, autant prendre Amazon ». Je rencontre aussi Éric, un homme aux yeux verts, dans une situation économique extrêmement précaire. De tous ceux qui ont participé à la réunion, Éric est le plus âgé, et c'est d'ailleurs pour cette raison qu'il proposera, en vain, de payer la tournée. Après avoir travaillé de longues années dans un magasin dédié à la hi-fi et à l'électroménager, il a eu envie de monter sa propre affaire, « une belle boutique tenue par un spécialiste où tu pouvais être bien conseillé », m'assure-t-il, encore un peu ému. Après un crédit, son magasin a connu

« des hauts, mais surtout des bas ». Le voici endetté, divorcé, acculé, mais déterminé à s'en sortir. Il ne lui reste plus que l'intérim. Il espère que ses années d'expérience comme salarié seront un atout pour lui qui rêve de signer à nouveau, un jour, un CDI.

Autour de la table du café, où la chaleur humaine semble malgré tout résister aux nombreuses difficultés qui frappent ces intérimaires, tout le monde écoute Éric, le comprend et l'encourage afin qu'il remonte la pente. En guise d'emploi, tous sont prêts à tout accepter, sans rechigner, pour la simple raison, unanimement partagée, « qu'en ce moment, Amazon, y'a vraiment que ça ».

Après ce café, je ne croiserai plus jamais Sylvain, Amélie et Éric. D'abord, parce que le site logistique est immense. Mais aussi parce que son organisation divise les employés en trois équipes, deux de jour et une de nuit, chacune cloisonnant deux groupes, les travailleurs de la « réception » et ceux de la « production ». Ensuite, parce que les tests sélectionnent les intérimaires aptes à travailler pour Amazon et que certains ne seront pas retenus. Mais surtout parce que la nature même des différents postes de travail ainsi que le management d'Amazon nous isoleront. Le tout rendant pratiquement impossible que se créent des affinités entre les individus, lesquelles pourraient être un préalable à une solidarité du groupe.

« Maintenant, je vais vous montrer une vidéo de présentation d'Amazon », reprend Catherine depuis la salle de réunion de l'agence d'intérim. Sur fond de riffs rock 'n 'roll très énergiques, la multinationale nous est décrite, ainsi que les différents postes de travail proposés. La vidéo se veut stimulante, pleine d'entrain. Je scrute dans l'obscurité les réactions sur les visages des demandeurs d'emploi à peine éclairés par la lueur de l'écran. À l'image défilent hangars gris, rayonnages, cartons et sourires de travailleurs enthousiastes. Le tout m'évoque l'esthétique totalitaire, version Stakhanov. À mes côtés, les mines des intérimaires sont toutes abattues. La musique censée stimuler, dynamiser, porter à l'exploit et mener au dépassement de soi est un outrage qu'il faut subir. Le tout s'étire en longueur, mais personne n'est dupe. À chaque nouveau riff, les regards expriment de la consternation. Tous ici savent qu'il leur sera bien difficile de suivre la cadence de cet enthousiasme artificiel. Ils n'ont pourtant pas le choix. Il leur faut regarder le clip vidéo au message très clair : s'ils souhaitent un emploi, Amazon peut leur en offrir un ; à eux ensuite de se soumettre à toutes les exigences de l'entreprise et de s'épuiser au travail. Catherine n'est pas là pour dissiper les éventuelles illusions qui pourraient subsister dans l'esprit de celui qui vient de voir la communication de l'entreprise. Elle est là pour rappeler que, nonobstant la pénibilité, travailler pour Amazon est une formidable opportunité.

La lumière rallumée, Catherine distribue des feuilles que tout le monde s'empresse de remplir et de signer sans discuter : refuser serait prendre le risque de ne pas décrocher le travail. Il s'agit d'un engagement de confidentialité imposant le secret à tous les travailleurs qui intégreront le site logistique d'Amazon. Puis les horaires de travail des trois équipes postées nous sont communiqués. Celle du matin fait 5 h 50-13 h 10, celle de l'après-midi 13 h 40-21 heures, l'équipe de nuit 21 h 30-4 h 50.

« Attention, prévient Catherine, on peut vous demander de venir travailler un jour de repos, un jour férié et également le dimanche. En France, le smic brut est à 9,40 euros de l'heure. Chez Amazon, votre taux horaire brut est de 9,725. Vous n'avez pas de tickets-resto, pas de prime de poste, pas de frais de déplacement, indique-t-elle avant d'aborder sommairement le cadre disciplinaire. Les choses sont très strictes. Une absence ou un retard, même de quelques minutes, doit toujours être justifié. Si vous êtes malade, même pour une journée, vous devez présenter un certificat médical. Si votre voiture tombe en panne, vous devez présenter la note du garagiste. Si vous ne justifiez pas un retard, vous recevez une lettre en recommandé. Un deuxième retard, même chose. La troisième fois, c'est dehors, vous êtes licencié.

« Tout le monde est motivé ? Si vous réussissez le test oral et le test en usine, vous décrochez un contrat d'une semaine. Vous devez être très efficace, montrer que vous êtes volontaire. S'ils sont contents de vous, Amazon renouvellera alors le contrat pour une semaine. Vous serez renouvelé de semaine en semaine. Vous serez appelé le vendredi, au plus tard le samedi, pour le lundi. Si vous n'êtes pas renouvelé, c'est qu'il y a un problème dans votre productivité et que vous n'êtes pas assez dynamique, ou qu'il y a une baisse de volume chez eux.

« Ah oui, le parking. Que ce soit pour votre test ou pour votre travail, vous devez impérativement respecter la limite de vitesse de 15 km/h. Vous devez impérativement vous garer en marche arrière. Si vous êtes mal garé, que vous mordez une ligne blanche, vous avez un premier avertissement de la sécurité. La deuxième fois, c'est la fourrière.

« Tout le monde est bien motivé ? Maintenant, pour être honnête avec vous, je vais vous présenter les côtés positifs et négatifs chez Amazon. Négatifs : les temps de pause sont courts. Le site est très grand ; quand ça sonne, vous avez à peine le temps d'arriver en salle de pause et de passer le portique de sécurité qu'il ne vous reste plus que cinq minutes. Vous n'avez pas le droit de manger pendant le travail et il n'y a que deux pauses de vingt minutes. Le travail est physique. Il y a des quotas de productivité et ils ne sont pas loin derrière si vous n'êtes pas *speed*.

« Maintenant, les points positifs. D'abord, le tutoiement. Cela met vraiment à l'aise, c'est un point positif. Vous n'aurez pas la boule au ventre, vous n'aurez pas à vous demander si vous serez bien intégré dans l'entreprise, car le tutoiement facilite les choses. Un autre point positif, c'est la demi-journée d'intégration. On est tout de suite dans le bain, ils vous expliquent les *process*. Un autre point positif, c'est qu'on s'éclate. Le PDG ne veut pas que l'on arrive la boule au ventre.

« Enfin, dernier point positif, ils payent le repas de Noël. C'est soit le midi, soit le soir. Pour ça, Amazon, ils sont vraiment mieux que les entreprises françaises. En France, ils ne font jamais rien. Amazon, c'est des Américains, ils pensent aux salariés. Il y a des tombolas organisées. Pour la fête de la Musique, ils ont payé le casse-croûte et fait venir des groupes et un mini-cirque. Certaines entreprises françaises ne le font pas. Amazon, c'est vraiment sympa. Pour Pâques, ils ont même organisé une chasse aux œufs sur le parking. Chaque salarié a reçu une cocotte en chocolat. »

IV

Je suis soumis à un test oral. Il s'agit de répondre en cinq minutes à des questions rédigées sur des cartes de teinte différente. Certaines sont éliminatoires. Calcul, logique, sécurité... Le chronomètre est lancé dès que l'on retourne la première carte. Deux questions annoncent la couleur. La première vous demande ce qu'il faut faire si un collègue de travail vous explique qu'il est épuisé, se plaint de maux de tête et de vertiges, mais continue malgré tout à travailler. Je réplique que je m'en réfère à la hiérarchie et que je ne prends strictement aucune décision. La deuxième question est plus personnelle, elle vous place dans l'éventualité où le travail ne vous plaît pas dès le premier jour. Que faites-vous ? La bonne réponse est : « Je termine malgré tout ma mission d'intérim d'une semaine. »

Durant l'entretien, j'explique que je suis extrêmement motivé, dynamique et rapide. Il me faut indiquer le poste sur lequel je souhaite candidater. Je demande à être *pickeur*, en production. Je veux pouvoir marcher partout à l'intérieur du site et parcourir les rayonnages. Interrogé sur les plus de vingt kilomètres de marche quotidienne, je fais du zèle et réplique que je suis très sportif. J'obtiens un rendez-vous pour le test en usine dix jours plus tard. Cette fois, je fais le pari que je serai recruté. Je prépare ma valise, que je coince dans le coffre de ma voiture. J'emménage dans une colocation à Montélimar. Tout doit être prêt pour le jour du test dans les murs de l'entrepôt Amazon Logistique.

Le voici. Avec ses immenses panneaux de tôle recouvrant de gigantesques pans de béton cellulaire, son allure extérieure est celle d'un grand bâtiment industriel contemporain. Dans le coin supérieur gauche de la façade principale est fixé l'énorme logo noir et orange d'Amazon. Lors du test en usine, je croise une intérimaire présente lors de la réunion collective, Sophie, à qui je n'avais encore jamais parlé. Sophie a travaillé dans un fast-food quand elle était étudiante. Elle m'explique qu'elle a peu à peu augmenté ses heures salariées dans le restaurant pour être indépendante financièrement de ses parents et emménager avec son copain. Ensuite ? Elle a tout simplement abandonné ses études, ce qu'elle regrette aujourd'hui amèrement, d'autant que « le fast-food, c'était pas une vie ». L'intérim est sa seule source de revenus. Venue passer les tests chez Amazon, elle postule pour être *stower*. Elle patiente, assise sur une chaise mitoyenne de la mienne. Que Sophie et moi réussissions ou non notre test, nous ne nous verrons probablement plus jamais chez Amazon.

Lors de mon test, je rencontre un autre intérimaire, Ali, que je ne verrai plus non plus par la suite. Notre binôme est examiné sur nos aptitudes de *pickeur* et de *packeur*. Il s'agit d'abord, pour le test *pickeur*, d'aller chercher dans des étagères des articles consignés sur une liste. Pour l'examen, de petits rayonnages miniatures ont été construits sur le modèle des vrais rayonnages. De vieux livres abîmés et des disques cassés servent de produits témoins. Il faut prélever en fonction des références numérotées des *bins* inscrites sur la liste et respecter les quantités. Pour le test de *packeur*, il faut envelopper des CD, des livres et des boîtes dans les emballages en carton. Les deux tests sont chronométrés. Sont jugés l'« attitude », le temps, la qualité du travail... Je perds volontairement un point en oubliant une facture lors du test *packeur* pour augmenter mes chances d'être *pickeur*. J'obtiens 19/20, tout comme Ali. Nous avons tous deux réussi les tests et nous pouvons maintenant être recrutés par Amazon. Ali m'explique après le test qu'il veut mettre de l'argent de côté cet hiver et s'inscrire à la rentrée prochaine dans un BTS audiovisuel.

Circonspect, je regarde maintenant la responsable de recrutement Adecco. Elle ouvre mon dossier, vérifie qu'il contient tous les documents nécessaires, notamment mon extrait de casier judiciaire vierge. Je colle mon dos contre le mur et regarde l'objectif.

Le flash d'un appareil photo numérique m'aveugle. Désormais, je n'ai plus qu'à attendre l'appel téléphonique d'embauche. Sur la couverture de mon dossier, une main a écrit au stylo-bille, en majuscules :

PICKEUR

V

Des interminables journées d'attente qui ont suivi, je n'ai rien consigné dans mon journal de bord et ne garde pas d'autre souvenir que celui d'avoir longuement déambulé dans le jardin public de Montélimar pour y lire dans le froid. Inactif, n'ayant strictement rien à faire, j'ai longuement observé les colverts somnolant le bec enfoncé sous l'aile ou bien se laissant dériver sur la mare. Conséquence de la réussite du test en usine, ces temps désœuvrés, éminemment mélancoliques, sont le lot de nombreux intérimaires. Attendant inlassablement l'appel de l'agence de la mission d'intérim, certains travailleurs temporaires m'ont plus tard confié que leur téléphone devient, ces jours-là, le prolongement de leur main. Une période durant laquelle ils ne s'en séparent sous aucun prétexte.

Impatient, sept jours après avoir réussi toutes les étapes, je pousse la porte de l'agence Adecco. En vain. On m'indique que c'est le service des ressources humaines d'Amazon qui donne son feu vert aux embauches, et non les agences d'intérim.

En sortant, sous la bruine, parmi les visages luisants, je rencontre par hasard celui de Sophie, attablée à la terrasse d'un café en compagnie de trois de ses amis, venus eux aussi se manifester à l'agence. Tous trempent leurs lèvres dans un café fumant et m'adressent des signes amicaux afin que je me joigne à eux. J'ai déjà rencontré Sophie à deux reprises, lors de la réunion de groupe, puis dans la salle d'attente du test en usine. Elle et ses amis habitent les environs de Valence. Il leur a fallu payer les multiples frais de transport aller-retour comprenant essence et autoroute afin d'assister à la première réunion d'information, au premier test et au second. Trois voyages auxquels il faut ajouter leur trajet du jour.

Sophie m'explique qu'Amazon va mettre en place un car spécial pour les travailleurs qui habitent Valence et ses environs. Il faudra qu'elle se lève à 3 h 30 chaque matin afin de débuter le travail à 5 h 40. « Des amis m'ont prévenue, je sais que c'est l'abattoir là-bas, mais, en ce moment, y'a que ça », explique-t-elle. L'abonnement au car affrété par Amazon est payant. Chaque salarié des environs de Valence choisissant ce mode de transport devra débourser 75 euros par mois. En revanche, si Amazon demande à Sophie de venir travailler un dimanche – ce qui sera le cas durant sa mission –, il lui faudra venir par ses propres moyens. Je l'écoute et me contente d'acquiescer d'un regard solidaire. Quand je relance la conversation, c'est pour donner la parole aux autres. Leur situation économique est vite résumée. Tous sont chômeurs et veulent du travail. L'un d'entre eux a fait des études universitaires et dispose d'une licence de lettres modernes. Je crois comprendre qu'une dépression l'a retardé jusqu'à présent dans son projet de devenir instituteur, mais qu'il n'a pas abandonné l'idée de passer le concours de l'Éducation nationale. En attendant, il lui faut « trouver un boulot, histoire de manger ».

Les tasses de nos cafés sont vides. Sophie, dont j'observe les cheveux abîmés, tripote nerveusement sa petite cuillère, qu'elle ne pose que pour rouler une cigarette dont elle aspire maintenant la fumée. « Là, ils vont nous appeler la veille pour commencer le lendemain, comme s'ils pouvaient pas nous le dire avant. Ça m'est arrivé de bosser pour une boîte où l'agence me téléphonait le matin pour démarrer le boulot l'après-midi. Les intérimaires, c'est juste les bouche-trous », formulent ses lèvres gercées, embrumées de tabac. Au-dessus de nos têtes, des étourneaux tourbillonnent par centaines. « Personne n'est dupe, avec leurs cocottes en chocolat à la con et leur tutoiement bidon. Mais y'a vraiment rien de rien comme boulot en ce moment, c'est comme ça. C'est la vie. »

VI

« Si vous rêvez d'une carrière dans un environnement dynamique qui évolue à toute allure, Amazon a des postes à vous offrir. Tout va vite dans le travail, il évolue, il demande un dépassement de soi permanent. Il est vraiment sympa d'y travailler. Alors venez nous voir, venez parlez avec nous. Venez nous rejoindre chez Amazon. »

Allan LYALL,
vice-président des opérations Amazon Europe.

« Vous ne devez divulguer aucun chiffre ou information propre à notre activité à l'extérieur de l'entreprise, y compris à votre famille. »

Livret d'accueil des intérimaires.

Miracle, le téléphone sonne : « Bonsoir, c'est Catherine d'Adecco. Vous êtes toujours disponible pour travailler chez Amazon ?.... Oui ? Bon ben, vous commencez demain soir, en équipe de nuit, à 21 h 30, pour l'intégration. Oui, je n'ai que l'équipe de nuit… Je ne suis pas sûre d'avoir d'autres places… C'est à prendre ou à laisser. OK, alors venez demain matin chercher vos chaussures de sécurité et le livret d'accueil. »

Le lendemain matin, mon enthousiasme est revenu. Une boîte en carton sous le bras contenant mes chaussures de sécurité, je quitte le bureau de l'agence d'intérim installé spécialement dans un préfabriqué sur le parking d'Amazon, à l'entrée de l'entrepôt logistique. Adecco est le leader mondial des services en ressources humaines. En France, Adecco compte 3 500 salariés et recrute 100 000 intérimaires par semaine pour 29 000 entreprises clientes : Amazon figure parmi elles ; désormais, je suis salarié d'Adecco pour le compte d'Amazon. En 2011, la multinationale a réalisé un chiffre d'affaires de plus de 21 milliards d'euros ; et 519 millions d'euros de résultat net. Avec Randstad et Manpower, Adecco est l'un des grands groupes qui contrôlent le marché de l'intérim en France.

Je suis officiellement embauché, bien que n'ayant pas pris connaissance de mon contrat de travail, et ne l'ayant donc pas signé, en dépit de ma demande. Je ne connais pas non plus le taux horaire exact auquel est rémunéré un intérimaire de l'équipe de nuit. Je recevrai plus tard mon contrat par la poste, deux semaines après avoir commencé ma mission… Je n'ai eu à fournir aucun certificat médical ; il va pourtant me falloir marcher vingt kilomètres après ma prise de poste. Je n'ai pas passé de visite médicale avec un médecin du travail avant ma première nuit, ni non plus durant le reste de ma mission[1]. Je découvrirai que d'autres travailleurs temporaires sont dans la même situation que moi.

J'ai sous les yeux mon planning de travail. Cet incroyable document vient de m'être remis et indique les horaires auxquels je serai astreint. Les équipes de nuit travaillent de 21 h 30 à 4 h 50. La semaine débute le dimanche soir. Il n'y aura pas de rotation avec les autres équipes. Je découvre avec stupéfaction que le rythme sera de cinq nuits consécutives par semaine, jusqu'à la mi-novembre. Après, ce rythme herculéen augmentera encore. Il passera de cinq à six nuits de travail par semaine jusqu'à Noël. Ces semaines à six nuits de travail hebdomadaire correspondent à 42 heures de travail nocturne par semaine. À ce rythme peuvent éventuellement s'ajouter des heures supplémentaires, régulièrement proposées aux intérimaires par les *managers*. Il est très bien vu d'accepter ces heures supplémentaires lorsque l'on est intérimaire et que l'on espère par la suite être titularisé et obtenir un CDI chez Amazon.

1. Catherine me téléphonera une fois durant ma mission afin de me proposer une visite médicale. Alors que je suis intégré dans l'équipe de nuit et sachant que je termine le travail à 4 h 50, elle me proposera un seul rendez-vous… à 9 heures du matin.

Quelques heures plus tard, je traverse le même parking aux voitures toutes garées en marche arrière, désormais plongé dans l'obscurité. Je pousse enfin la porte de l'entrepôt pour la toute première fois. Voici l'immense rempart de marchandises. Dans cette cathédrale de tôle, emplie de cartons et de plastique, il est bien difficile de résister à l'envie de lever la tête tant le spectacle impressionne. Au comptoir de sécurité, je récupère le précieux sésame : mon badge personnel, de couleur verte, sans lequel il est impossible de pénétrer au cœur de la citadelle. Il y est écrit en anglais qu'en cas de perte il doit être expédié à l'adresse d'une boîte postale à Seattle, dans l'État de Washington, aux États-Unis.

Cette nuit-là, après être passé au vestiaire, je rencontre les nouveaux intérimaires intégrant eux aussi l'usine en « production ». Je fais la connaissance de Mounir et Ibrahim, tous deux la trentaine, et de Christophe, la cinquantaine. Ibrahim m'expliquera qu'il enchaîne les missions d'intérim. Il vient de terminer un contrat pour une grande entreprise de produits surgelés. Christophe, la chevelure ébouriffée, est, lui, extrêmement timide. Je ne parviendrai jamais ni à le dérider ni à dialoguer avec lui. Chez Amazon, Ibrahim et Christophe seront *packeurs*. Mounir, grand et costaud, est *pickeur*. Habitué aux missions d'agent de sécurité, Mounir a aussi passé une habilitation pour travailler comme peintre en bâtiment dans le nucléaire, à la centrale voisine du Tricastin. En plus de son travail de nuit chez Amazon, je le verrai parfois à la peine venir pointer à 21 h 30 après avoir travaillé toute la journée, comme il me le confiera. J'apprendrai bien plus tard pourquoi, après avoir gagné sa confiance. Au fil des pauses lors de nos nuits de travail, Mounir me racontera que, s'il doit travailler autant, c'est parce qu'il est endetté. Il a jadis monté un snack-kebab dans le centre-ville de Montélimar avec un associé. Cet associé s'est révélé être un escroc et l'a dépouillé d'une grosse somme d'argent en liquide. « Tu sais, me dira Mounir, moi j'aime bien avoir le calme, être tranquille. J'ai des valeurs, un sens de la famille et des principes dans la vie. Alors plutôt que d'aller le trouver avec un couteau, j'ai préféré laisser tomber. Mais il a de la chance d'être tombé sur moi, tout le monde m'a dit d'aller le planter. Je sais où il habite, je peux y aller quand je veux si je veux. Mais l'argent, c'est pas ça le plus important dans la vie. Le plus important, c'est de pouvoir être tranquille. J'ai envie juste d'être avec ma femme sans me prendre la tête et pas penser à cette histoire. Dans plusieurs mois, j'aurai remboursé l'argent et la page sera tournée. »

La nuit débute par une brève présentation d'Amazon organisée par un *manager* des ressources humaines. Nous apprenons que si l'entrepôt s'appelle MRS-1, à prononcer *MRS-One*, c'est parce que les entrepôts du site portent le nom du grand aéroport le plus proche. Ici, à Montélimar, c'est l'aéroport de Marseille.

Le *manager* développe ensuite l'information la plus importante qu'il ait à nous communiquer, la procédure à suivre en cas de fouille des travailleurs :

« Après chaque période de travail sur le "*floor*", explique-t-il sèchement, quand vous partez en pause ou que vous finissez votre nuit, vous allez passer par le "*screening*". » Le *floor*, littéralement la « piste », désigne l'atelier, en somme la totalité de l'espace de travail, à l'exception des services administratifs. Le *screening*, littéralement « dépistage » ou « contrôle », s'apparente à un check-point d'aéroport. À la différence notable que, chez Amazon, ces check-points n'ont pas vocation à détecter une menace terroriste et que les contrôles ne sont pas effectués par des douaniers assermentés comme dans les aéroports. Non. Ces contrôles sont organisés par une société privée et ils ont pour seul objectif de détecter tout vol éventuellement commis par un employé. C'est pourquoi tous ces voleurs potentiels que sont les salariés sont passés au peigne fin.

Le *manager* explique : « Sur le site sont interdits montres, bijoux, lunettes de soleil... Vous ne devez rien avoir sur la tête, avoir les cheveux attachés, et seule l'alliance est autorisée, mais elle peut vous retarder lors du contrôle au *screening*.

« À chaque fois que vous partez en pause ou que vous quittez le site pour rentrer chez vous, soit trois fois par journée de travail, vous allez passer par le tourniquet de sortie. À chaque fois que vous badgez au tourniquet pour sortir, un boîtier s'allume. Il compte deux ampoules. Une verte et une rouge. Ce sont des contrôles aléatoires. Si la lampe est verte, vous pouvez passer. Si la lampe est rouge, vous devez vous diriger vers le *screening*. Lors du *screening*, vous videz vos poches et passez par un portique de détection comme dans les aéroports. Si vous sonnez, un agent de sécurité vous passe à la raquette. Si la raquette détecte un objet métallique, nous devons pouvoir l'identifier et savoir ce que c'est. Si ce n'est pas le cas, vous êtes fouillés. Si vous refusez une fouille, nous appellerons alors un officier de police judiciaire. Si vous refusez une fouille, vous vous exposez à des sanctions. »

Chez Amazon, ce mode de contrôle est extrêmement bien rodé. L'une des portes d'accès de l'entrepôt est d'ailleurs spécifiquement balisée « Entrée Police ». En dépit de l'appellation « contrôle aléatoire », il faut tout de même préciser que certaines catégories d'employés sont davantage contrôlées que d'autres. Un *manager* m'expliquera que les intérimaires sont en effet plus contrôlés que les employés en CDI, tout comme les employés les plus en bas de l'échelle – les « *associates* » – sont plus contrôlés que les *leads* et *managers*, plus élevés dans la hiérarchie. Au fil des nuits et des multiples passages par le tourniquet de sortie, mes collègues Mounir et Ibrahim sont davantage contrôlés que moi. Est-ce l'effet du hasard ? En tous cas, eux s'en plaignent. Il m'est impossible d'affirmer que cette fréquence de contrôle, plus forte pour eux que pour moi, est le résultat d'un choix délibéré de la direction. Peut-être cette différence de traitement est-elle simplement la conséquence des « contrôles aléatoires ». Du fait que nous avons été intégrés en même temps, c'est avec ces deux travailleurs que j'ai le plus échangé durant ma mission. Je bavardais généralement avec eux le temps de la traversée, avant nos pauses ou notre sortie définitive.

Dans un autre entrepôt logistique d'Amazon, celui de Saran, le syndicaliste CGT Clément Jamin affirme avoir été fouillé le 22 décembre 2011 à son poste de travail, au sein même de l'atelier, puis avoir attendu plus de six heures que se déplace un officier de police judiciaire (OPJ). Il raconte que cet OPJ n'est jamais venu. Une plainte a depuis été déposée par la CGT, suivie d'un communiqué de presse dans lequel la CGT du Loiret affirme : « Les représentants du personnel CGT sont la cible de la direction d'Amazon car ils ont mené campagne pour que la réglementation en vigueur sur les caméras soit respectée. Qu'il s'agisse des contrôles aléatoires aux portiques à l'entrée et à la sortie du personnel, des informations précises doivent être données aux salariés, qui peuvent refuser de tels contrôles. La spécificité de l'activité économique d'Amazon et du centre logistique ne permet pas à l'employeur de porter atteinte à la dignité des salariés. Les salariés ont des droits, les salariés ne sont pas des voleurs ! Les représentants du personnel CGT ont refusé les fouilles corporelles à plusieurs reprises dans le but de faire respecter le droit de tout salarié, comme le précise la législation du travail et la réglementation en vigueur sur les fouilles à l'entreprise[1]. »

Bien plus tard, un syndicaliste CGT de Montélimar, Simon, m'informera que le chef de la sécurité privée de l'entrepôt logistique est un ancien militaire. Il me dit aussi qu'il y a de la délation. Selon lui, en plus des contrôles aléatoires, il suffit de configurer le dispositif avec des noms, quelques minutes avant la sortie des travailleurs : « Si quelqu'un voit quelqu'un d'autre dans un rayonnage en train de faire quelque chose de suspect, le signaler au *lead* ou au *manager* est très bien vu, même s'il n'y a pas vol. Cela permet de donner des gages de bonne coopération, de montrer que tu es une personne fiable, sur qui on peut compter. La délation, vue de l'extérieur, c'est quelque chose de sale et d'indigne, mais quand tu vis chaque jour dans le système Amazon, tu t'y habitues. Certains ne le feront jamais, mais d'autres ici se révèlent être de vraies saloperies… Pour moi, ce ne sont pas seulement les gens qui sont des putes. Tout système d'ultracompétition les incite à devenir des putes », me déclarera Simon.

Le *manager* que j'interrogerai à ce sujet niera l'existence de cette pratique de délation au *screening*.

1. Voir le communiqué de presse de la CGT Loiret, daté du 9 février 2012, à l'adresse : http://fr.calameo.com/read/001058233f76e7021f28f

Difficile de connaître la vérité. Quoi qu'il en soit, je constaterai par moi-même qu'il est en effet bien perçu de désigner discrètement les comportements suspects d'un collègue auprès de ses supérieurs hiérarchiques. Une nuit, lors de ma deuxième semaine de travail, j'ai vu et entendu un salarié dénoncer auprès d'une supérieure ses propres collègues. Tout particulièrement l'un d'entre eux, considéré par le délateur comme « un je-m'en-foutiste, un fainéant à dégager ». La *manager* à qui le mouchard s'est confié semblait très satisfaite de ces informations. Depuis le rayonnage où je me trouvais et observais discrètement la scène, j'étais médusé. Contre toute attente, le délateur fut approuvé par sa supérieure pour sa dénonciation : « Merci, je sais que je peux compter sur toi », lui lança-t-elle avec un sourire approbateur en lui posant la main sur l'épaule.

À rebours des valeurs morales assenées chaque soir avant la prise de poste lors des sermons des *managers*, Amazon pratique l'hypocrisie. Quelle est la fréquence, quels sont les paramétrages des contrôles au *screening*, visant quelles catégories d'employés ? Impossible de le savoir. Il semblerait toutefois que la suspicion pèse bien davantage sur les employés dans une position hiérarchique inférieure, notamment sur les intérimaires. Cette suspicion, tangible parmi le personnel, est vécue comme une inégalité de traitement, une discrimination sociale.

Les anciens militaires sont l'objet d'un programme dédié et semblent être très appréciés. « Nous recherchons activement des *leaders* capables d'inventer, de voir en grand, de passer à l'action et de fournir des résultats au nom de nos clients, affirme le fondateur et PDG Jeff Bezos sur un site de recrutement. Ces principes sont certainement ceux des hommes et des femmes qui s'engagent dans l'armée pour servir leur pays. L'expérience de ces *leaders* est d'une valeur inestimable dans notre environnement de travail en accéléré[1]. »

L'entreprise affirme dans sa communication que les principes organisant son encadrement se veulent proches de ceux qui valent dans l'armée : « Leadership. Discipline. Organisation. Si vous quittez l'armée, vous possédez au moins ces qualités. Et vous pouvez les mettre au service d'Amazon. Si vous avez de l'expérience dans l'armée, vous partagez certainement nos valeurs. Nos méthodes de travail ne devraient pas vous poser de difficultés. Vous pourrez facilement utiliser les capacités de meneur que vous avez acquises à l'un des postes que nous vous proposons. »

La mise en garde du *manager* des ressources humaines est terminée. Justine, l'une de nos formatrices, prend la parole. Malgré son visage blême et ses yeux noircis par des cernes profonds, elle déploie une telle énergie qu'il se dégage d'elle une certaine

1. Sur le site Internet de recrutement « Amazon carrières » (amazon-operations.fr), voir en particulier l'onglet « Reconversions militaires ». Voir aussi la page « Amazon Warriors », consacrée à la reconversion des soldats américains (facebook.com/AmazonWarriors).

gaieté. La tête inclinée, frisant de l'index l'une de ses nattes, elle nous présente la « *safety school* », l'école des règles de sécurité, sommaires, déclinées sur des panneaux qu'elle nous lit l'un après l'autre, avant de nous faire remplir un questionnaire de vérification. Il est temps de prendre la tête d'une visite guidée de l'entrepôt.

Entre deux informations importantes et le temps de longues marches à travers les hangars, je fais connaissance avec mes collègues et découvre la ruche que je viens d'infiltrer.

Notre formatrice est en CDI chez Amazon. Elle pointe ici depuis l'ouverture du site en 2010. Elle travaillait auparavant dans un supermarché. Durant la traversée de l'entrepôt logistique, cette jeune mère divorcée, âgée de vingt-cinq ans, membre de l'équipe de nuit, nous dit qu'elle a déjà perdu dix-sept kilos depuis qu'elle travaille comme agent d'exploitation logistique. « Il y a parfois des gens qui tombent dans les pommes, c'est toujours quelque chose d'impressionnant au début. La première fois, cela m'a vraiment fait peur de voir quelqu'un inanimé. », nous confie-t-elle, sans pour autant critiquer Amazon.

Justine minore en effet la chose en expliquant que ces malaises touchent surtout « ceux qui sont déréglés par les horaires de nuit et qui ne mangent pas avant de commencer le travail ». Je découvrirai par la suite que tous les employés en charge des intégrations sont des personnes considérées comme sûres par les ressources humaines, enclines à cultiver un patriotisme que l'on pourrait qualifier d'« amazonien ».

« Pour moi, ce CDI, c'est mieux que ce que j'avais quand j'étais caissière, assure-t-elle. Quand j'étais caissière, je faisais mon boulot, je rentrais chez moi, et personne ne me calculait. Ici, vous allez voir : même si le travail est très dur, on se fait des amis, on rencontre du monde. En plus, Amazon, ils paient des sorties de groupe, ils font des trucs pour nous. Il n'y a pas longtemps, ils ont fait venir des masseurs et on a eu droit à des massages pendant les temps de pause. Ils organisent aussi le "Family Day", où tous les employés peuvent venir avec leurs enfants visiter l'entreprise. C'est super, ma gamine a pu voir où je travaillais et tout. Ils avaient fait venir des structures gonflables, des trampolines, et ils ont offert de la nourriture à tout le monde. »

Justine nous montre ensuite l'emplacement de l'infirmerie. Seulement ouverte de 8 heures à 17 heures, elle restera donc fermée aux travailleurs de l'équipe de nuit en cas d'accident.

Lors de notre présentation *safety school*, en plus des intérimaires affectés à la production, je rencontre deux agents de la société Prosegur, à qui Amazon sous-traite la surveillance de ses entrepôts. Multinationale espagnole de sécurité spécialisée dans la vidéo-surveillance, le transport de fonds et les systèmes d'alarme, Prosegur est implantée dans treize pays, dont la moitié en Amérique du Sud. Elle réalise plus de deux milliards d'euros de chiffre d'affaires annuel. L'un des agents de sécurité présents à nos côtés lors de la *safety school* m'explique qu'il suit la formation pour la neuvième fois. Il travaille ici depuis plusieurs mois, mais il doit suivre cette formation après chaque renouvellement de CDD, contrats que lui et les autres agents de sécurité enchaînent à outrance. Eux travaillent par rotation, jour et nuit, pendant douze heures consécutives.

Justine nous présente ensuite la méthode des « 5 s ». Elle ne sait peut-être pas que cette technique de management élaborée par Toyota pour son système de production tire son appellation de cinq mots japonais commençant par le son « s ». Transposé en français, l'acronyme de cette méthode donne « ORDRE » : « O » pour ordonner, « R » pour ranger, « D » pour dépoussiérer et découvrir des anomalies, « R » pour rendre évident et « E » pour être rigoureux. Autant dire que cette technique de *management* n'est pas une banale fioriture sémantique. Elle s'avère être chez Amazon le mode opératoire des *managers*, qui l'appliquent scrupuleusement et veillent à ce que tous les employés s'y plient. Les « 5 s » sont le dogme maison. Les cadres d'Amazon tiennent les « 5 s » pour les principes fondamentaux qui conditionnent l'amélioration permanente de la productivité et la satisfaction du personnel.

Les répercussions de cette méthode de *management* se font sentir dans les moindres parcelles d'activité. Toutes les actions humaines dans le cadre du travail doivent pouvoir être évaluées, jugées, critiquées à l'aune de ce précepte définissant ce qui est bien et ce qui est mal, dans un environnement totalement standardisé, totalement inspecté, totalement surveillé, totalement normé et totalement hiérarchisé. Un environnement où chaque être humain doit se discipliner afin de mécaniser son corps et son esprit.

Après cette brève introduction, Justine nous distribue des petites cartes plastifiées et nous demande de les accrocher au badge personnel qui pend autour de notre cou. Il s'agit de plusieurs listes de mots anglais traduits en français, les mots usités dans l'entrepôt et que nous devons impérativement apprendre et maîtriser. Sur les cartes se trouvent aussi des indications techniques concernant l'utilisation de la scannette électronique qui va être notre principal instrument de travail.

Les épaules droites, le regard lancé loin devant, la marche lestée par nos inconfortables chaussures de sécurité, nous nous approchons au pas de charge des rayonnages où sont entreposés les produits culturels.

Je suis impressionné par l'immensité de la zone de stockage, à laquelle même l'imagination ne prépare pas. Nous devons continuer de marcher vite. Tout en avançant, je tourne la tête à quatre-vingt-dix degrés pour enfoncer mon regard dans la profondeur des linéaires. J'éprouve instantanément une sensation d'étourdissement, comme celle que vous pouvez ressentir lorsque, passager d'une automobile sur une route champêtre, vous fixez votre regard sur les rangs de vignes qui se succèdent en rafales et vous grisent. Marcher au pas de charge le long des rangées, dans cette zone de stockage, c'est sentir les étagères métalliques numérotées se succéder frénétiquement sous vos yeux alors que vos pupilles tentent de les suivre en oscillant convulsivement. Sans jamais cesser, cette géographie répétitive composée d'une multitude de lignes et de stries fouette votre représentation mentale. Car si vous scrutez cet espace immense durant votre marche, il vous donne l'illusion d'être lui-même mouvant, sa réalité se démultipliant à l'identique. L'enchaînement ne cesse jamais. Il n'offre aucun point de fuite permettant de fixer durablement la perspective. Les rangées ouvrent l'espace, les referment par le mur central de l'étagère, puis les ouvrent à nouveau et les referment encore, à l'infini.

Plongé au cœur de cette abyssale forêt métallique, où la poussière réfléchie par une aveuglante lumière jaune tourbillonne, sans le moindre repère, vous êtes plongé dans un angoissant chaos de lignes, de vide et de matière. Peu importe que les allées soient toutes numérotées, j'arpente ce théâtre répétitif où ma propre marche me semble vaine, statique. Je ne perçois plus l'espace. Ce dédale enivre par sa démesure, démesure à l'échelle de laquelle votre réalité matérielle est comparable à celle d'une coccinelle perdue dans un supermarché. La construction rationnelle de cet espace brouille l'esprit. Elle me laisse penser un temps que sa conception, du fait de son gigantisme, le soustrait à la rationalité.

Indisposé par ce spectacle, je décide de stopper ma progression et de consacrer quelques instants à l'évaluation de l'un de ces époustouflants linéaires. Ici, impossible d'estimer le nombre de kilomètres sur lesquels ils s'étirent. Je sens mon cœur cogner ma poitrine. Devant moi, et là-bas au loin, tout comme derrière et après, partout, les codes-barres des cases *« bin »* s'affichent par dizaines de milliers, de bas en haut et de long en large, telles les mailles d'un immense filet. Ébahi, je réalise au bout de quelques instants que j'ai perdu le groupe au cœur de cette zone labyrinthique. Haletant, versant mes premières gouttes de sueur tout en accélérant le pas, je le retrouve par chance.

Justine continue de nous faire visiter les hangars. Partout, alors que la profusion de marchandises n'a strictement aucune commune mesure avec celle des grands centres commerciaux, et sans que cela ne semble jamais cesser, l'alignement titanesque des structures métalliques lestées de produits se poursuit.

C'est pourtant logique : la quantité réputée « infinie » de produits que propose Amazon à la vente sur son site Internet se matérialise ici. Justine nous indique quels sont les passages d'un hangar à un autre, et comment, par exemple, se rendre de la zone A à la zone B. Je découvre alors la ligne de stockage 140. La 140 est commune aux zones A et B. Une nouvelle fois, je suis obligé d'interrompre ma marche. Au regard de ces entrepôts, même les rayonnages des grandes librairies ou des imposantes bibliothèques que j'ai déjà visitées ne sont rien.

Sur cette ligne 140 où je me suis arrêté, hagard, mon regard glisse d'ici à là-bas, pour rebondir, cascader, buter, cogner, se perdre et revenir : je découvre le capharnaüm stupéfiant qui règne sur les étagères. Catherine, la responsable du recrutement chez Adecco, nous avait pourtant prévenus. Mais rien n'y fait. La réalité est une franche surprise. Dans un désordre de conditionnements en plastique et en carton, des boîtes de jeux de société côtoient des poupons, des bandes dessinées, des claviers d'ordinateur, des classiques de la littérature, des peluches, des figurines... Les dos des livres se suivent sans la moindre cohérence, si ce n'est celle du format. Les disques reposent sur des coques de téléphones portables. Une poupée Barbie jouxte la boîte d'une montre.

Il me faut cependant impérativement cesser de regarder la folle quantité de marchandises et les dos des ouvrages, car il y en a beaucoup trop. Je dois me livrer à mon premier exercice de *picking*, ici, dans cette rangée. L'invraisemblable spectacle m'empêche de me concentrer. Il me faut pourtant être attentif et minutieux, car chaque intérimaire doit impérativement se familiariser dès cette première nuit d'intégration avec sa petite machine, le scanner, sans lequel un *pickeur* ne peut pas travailler.

Justine nous apprend à nous identifier sur l'appareil, à parcourir son menu, ses fonctionnalités, à régler ses paramètres, son volume sonore, à signaler un article manquant ou endommagé, et autres astuces indispensables pour devenir des *pickeurs* autonomes et productifs.

Justine nous dispense de précieux conseils. Elle nous explique comment se baisser, sans se pencher, en pliant les genoux, afin de préserver son dos, et comment optimiser les distances de marche pour ne pas en rajouter aux plus de vingt kilomètres qui nous attendent chaque nuit. Elle nous montre aussi comment remplir son panier et, enfin, comment empiler les livres sur ses bras. Certains ont des couvertures cartonnées rigides. Le papier peut être tranchant. Retroussant ses manches, notre formatrice nous prévient que les marques rouges seront au rendez-vous. Les avant-bras de Justine portent la trace de coupures causées par son travail de *pickeur*. Ses manches rabaissées, elle poursuit sa présentation.

Cette nuit, à l'issue de notre brève formation, nous sortirons à travers les épais panaches de brume qui recouvrent maintenant l'entrepôt titanesque. Même les phares des automobiles ne peuvent percer cet épais brouillard. Nuages terrestres et émanations des pots d'échappement sont mêlés. Ils donnent au site l'allure menaçante d'un cratère fumant, baigné de désagréables effluves. Le volcan mécanique n'en est qu'à son réveil. Bientôt, ce sera en geyser qu'il vomira son magma de cartons. Son éruption répandra partout sa lave de marchandises. Demain, je serai de retour. Je travaillerai seul à mon poste.

VII

« Que vous soyez un simple collaborateur ou responsable d'une grande équipe, vous êtes un leader *Amazon. Nos principes de management guident chaque Amazonien. Les* leaders *s'investissent personnellement. Ils pensent sur le long terme et ne sacrifient pas cette vision des choses pour des résultats à court terme. Ils n'agissent pas seulement pour leur équipe mais pour l'entreprise tout entière. Ils ne disent jamais : "Ce n'est pas mon travail."* [...] *Les* leaders *forment des* leaders *et prennent leur rôle d'encadrement au sérieux. »*

Nos valeurs – Amazon.fr

Éclaboussant la nuit, un « 15 » cerclé de rouge ralentit brusquement l'allure de l'automobile. Je me gare près de la clôture grillagée. Ce soir, c'est mon baptême du feu. Je verrouille le cadenas à code de mon casier, puis franchit le tourniquet avant la longue marche vers le point de ralliement, pour y faire sonner la pointeuse au contact de mon badge, avant la prise de poste.

Je salue Ibrahim et Christophe, ce dernier toujours aussi peu loquace, mais avec qui j'échange malgré tout un sourire. La sonnerie vient de retentir. Il est l'heure. Instantanément, Patrick, le *manager*, allume son micro. Il s'avance face à la centaine de travailleurs et annonce les objectifs de productivité, ainsi que le volume que nous devons expédier cette nuit. Derrière lui, des rangées d'armoires métalliques contiennent des chaussures de sécurité. Il y a aussi des casiers réservés aux *managers*, et des tables sur lesquelles sont entreposés imprimantes, dossiers, fournitures diverses et ordinateurs portables. Ce sont les bureaux des *managers*, disposés au cœur de l'atelier en *open space*.

Toute la nuit, la tête dans leurs écrans, les *managers* vont scruter inlassablement des lignes de chiffres, de noms de travailleurs ou de produits, et regarder évoluer instant après instant les statistiques. Quand ils ne travaillent pas sur leur ordinateur ni ne règlent un problème avec un salarié, ils échangent avec un *lead*, un contremaître. À n'importe quelle heure du jour ou de la nuit, les *managers* assurent un total et rigoureux contrôle de la coordination des faits et gestes de tous.

Patrick parle d'une voix claire dans son micro face au groupe d'ouvriers. Lui aussi a les traits tirés, le visage blafard creusé par des cernes. Ses cheveux sont rasés court à la tondeuse. Les gestes vifs, il est, comme tous les *managers*, extrêmement stressé par son travail. Une anxiété que sa gargantuesque consommation de café n'a pas le don d'apaiser. Autour du cou, Patrick porte comme nous tous son badge d'accès de couleur verte, à la différence que le sien est enrobé d'une pochette plastique. Tandis qu'il bouge, son badge oscille, se retourne et laisse voir, au verso, une pièce de monnaie... Patrick m'expliquera qu'il s'agit d'une pièce d'un dollar frappée en édition limitée. Il l'a rapportée de l'un de ses voyages de formation « *aux States* » et la porte sur lui en guise de souvenir.

Patrick conclut, ce soir-là comme tous les autres à venir, ce rassemblement martial en nous souhaitant « bon travail et bonne nuit » : il n'y manque que les claquements de talons pour lui donner une allure d'opération militaire.

Une éphémère cohue se produit alors en hâte devant les étagères sur lesquelles est alignée une centaine de scanners. C'est ici, entre la fontaine à eau et le bureau du *lead*, que chaque *pickeur* récupère l'indispensable machine. Je choisis une batterie rechargée et l'enfonce dans la crosse de mon *scan*. Une fois l'écran tactile allumé et le menu affiché, chacun navigue comme il se doit, puis se scanne lui-même : chaque *pickeur* doit le faire pour se *loguer*. Comme un chariot, une *bin* ou un produit, je suis moi aussi un objet Amazon ; le code-barres de mon badge signale ma réalité physique.

En haut à droite de l'écran viennent de s'afficher mon prénom et mon nom, ultimes vestiges de mon identité désormais réduite à celle de *pickeur.* Tout fonctionne. Je dois maintenant prendre un petit panier roulant, semblable à ceux que l'on trouve dans les supermarchés. Et il me faut aussi trouver un grand chariot roulant métallique vide. Chez Amazon, ce chariot roulant s'appelle une *tote,* mot anglais signifiant « fourre-tout ».

À quelques pas de là, j'aperçois une *tote* vide. Sur chaque *tote* est inscrit un code-barres unique permettant de l'identifier parmi toutes les autres. Après un coup de gâchette laser sur le code-barres du chariot vide, la *tote* est maintenant identifiée par mon *scan* comme étant la mienne pour cette session de travail.

Instantanément, un nouvel écran s'affiche. Il me donne pour consigne d'aller en zone B, ligne 133, hauteur B, rang 405, afin de prélever un livre de littérature jeunesse. L'écran affiche *Histoire de Babar, le petit éléphant,* ainsi que le nom de l'auteur et de l'éditeur. Il est 21 h 42. Une nuit de travail commence.

Une *lead* que je ne connais pas nous aborde par nos prénoms respectifs, Mounir et moi, alors que nous sommes sur le point de partir *picker.* Expression du contrôle total et panoptique de la hiérarchie, les *leads* et les *managers* connaissent notre visage et notre prénom, alors que nous ne connaissons pas toujours les leurs. La *lead* nous adresse un grand sourire : « N'hésitez pas à venir vers moi si vous avez le moindre problème. Vous allez voir, on s'éclate chez Amazon. Allez, amusez-vous bien, les gars », lâche-t-elle très sérieusement, sans morgue ni ironie. « *Have fun* », dit le slogan de la multinationale. J'entendrai à plusieurs reprises « Amusez-vous bien » ou « Éclatez-vous bien » avant des prises de poste, ou pendant les « *shifts* », les sessions de travail.

Avant notre arrivée, *managers* et *leads* apprennent le prénom des nouveaux arrivants grâce aux photographies prises par les agences d'intérim le jour du test sur site. Clichés qui figurent dans le trombinoscope des *managers*, dans les fichiers internes et sur le badge personnel. Il sert aussi à confectionner le portrait de l'« employé du mois », ce stakhanoviste désigné comme « *the best* », le meilleur de tous. Une fois distingué et célébré, il a l'insigne honneur de porter un tee-shirt distinctif. Sa gloire est organisée par les *managers*, notamment par des applaudissements artificiels de l'unité de production avant les prises de poste. L'employé du mois gagne un bon d'achat de plusieurs dizaines d'euros sur le site Internet d'Amazon.

Je fixe mon petit panier roulant sur la proue de mon chariot. Il est obligatoire de pousser sa *tote* par les poignées et strictement interdit de la tirer. Chez Amazon, il est prohibé de reculer, il faut faire demi-tour. Une infraction peut vous valoir une belle réprimande. Officiellement, il s'agit de faire respecter les règles élémentaires de sécurité, ici appelées « règles *safety* ». Des règles logiques et évidentes, mais qui prennent chez Amazon la tournure d'une authentique hypocrisie. Pour la direction, cette volonté affichée de

« sécurité » se résume à prévenir les désagréments que constituent les accidents, mais ne vise aucunement à réduire la violence d'un travail exténuant, dangereux et fort usant pour tous les organismes, quels que soient les postes. Dans les faits, c'est surtout et seulement à grand renfort de panneaux proclamant : « Bravo, plus de cent jours sans accidents ! », et d'évocations récurrentes de règles de sécurité, relayées par l'encadrement, que la direction prétend prendre soin des salariés. Alors même qu'il sera bientôt exigé d'eux 42 heures de travail nocturne hebdomadaire.

Allez, en avant ! Direction la zone B. Je parcours les longues rangées d'étagères en poussant ma *tote*. Après deux longues minutes de marche, je suis en pleine zone B, là où mon *scan* a décidé de m'envoyer *picker*. Entre les allées, les emplacements parking pour les *totes* sont marqués au sol par du ruban adhésif jaune. Je gare la mienne et saisit mon petit panier roulant. Après un nouveau coup d'œil sur mon écran, je murmure pour m'aider à me concentrer : « Ligne 133, hauteur B, rang 405 »... Une fois dans la ligne 133, je marche jusqu'au rang 405. J'y suis presque. Voilà. Je m'accroupis à hauteur B et trouve la *bin*, cette case de rangement indiquée par l'écran de mon *scan*. Un coup de gâchette laser et voici qu'un trait rouge glisse sur le code-barres de la *bin*. Le *scan* approuve d'un bip caractéristique, signalant que je suis bien en face de la *bin* demandée. Je relis le titre du livre sur mon écran. Dans l'alvéole, je cherche des yeux le dos de *Babar, le petit éléphant*. Voici le livre. Je vérifie qu'il n'est pas *damage* – endommagé –, puis je scanne son code-barres. Deuxième bip d'approbation de mon *scan* : il s'agit bien du bon livre. Je place le livre dans mon panier roulant.

Je viens de débuter mon « *batch* », la liste d'articles à prélever. L'écran affiche aussitôt le prochain article qu'il me faut *picker*. Cette fois, c'est une partition des *Nocturnes* de Chopin, situé ligne 134, hauteur C, rang 412. L'ordinateur calcule en temps réel quel est l'article à prélever en fonction de ma position géographique dans l'entrepôt, qu'il connaît précisément. Des logiciels optimisent mes déplacements afin que mon temps de marche entre deux prélèvements d'articles n'excède pas plusieurs dizaines de secondes. Je tire mon petit panier roulant et me dirige vers cette nouvelle *bin*. Je prélève la partition de Chopin.

Le *scan* me lance alors à la recherche d'un autre livre, d'un CD, d'un DVD, de disques vinyle, de jeux vidéo, de boîtes de jouets, de souris d'ordinateur et de beaucoup, beaucoup d'autres produits manufacturés. Arpentant les étagères métalliques, je respire les effluves de plastique et de papier neuf enveloppant l'incroyable quantité de marchandises.

Proches ou lointains, j'écoute les bips froids et aigus émis par les *scans* des autres *pickeurs* se répondre anarchiquement comme le font les chouettes hululant du fond des forêts obscures. S'ajoutent à ces cris électroniques le bruit des roulements de chariots, ainsi que les crissements des chaussures et les klaxons des transpalettes.

Cette opération de prélèvement de la marchandise dans les rayonnages ainsi résumée, il vous faut la multiplier par des centaines d'heures et des dizaines de milliers d'articles pour avoir une idée du travail d'un *pickeur*. Dans le cadre de mon enquête, ce travail n'a guère présenté d'intérêt supplémentaire d'un point de vue strictement factuel, et à peu près aucun d'un point de vue humain puisqu'il est absolument interdit pour un *pickeur* de discuter pendant son travail avec un autre *pickeur* croisé dans un rayonnage.

La connaissance de sa pénibilité est en revanche inéluctable pour qui veut comprendre la nature réelle de ce qu'endurent les *pickeurs*. Les *pickeurs* sont des femmes et des hommes meilleur marché et plus efficaces que des robots. Avec eux, aucun entretien technique n'est requis puisqu'ils sont pour beaucoup intérimaires. La direction d'Amazon peut aisément les remplacer quand ils sont épuisés ou ne font plus l'affaire en allant simplement puiser dans l'immense armée de réserve que constituent les chômeurs.

Quoi qu'il en soit, ce travail de *pickeur* dévorera la plus grande part de mon temps d'investigation. Dès lors qu'un article est prélevé, il s'agit de marcher à travers les longs rayonnages pour *picker* le suivant. Lorsque le petit panier roulant est plein jusqu'à ras bord, il est interdit de continuer à le remplir et nécessaire de rejoindre le gros chariot roulant, la *tote*. Une fois auprès de la *tote* stationnée, il s'agit de vider le petit panier, mais pas n'importe comment. Les articles doivent être empilés par taille. Romans à l'eau de rose, mangas et classiques de la littérature sont, par exemple, empilés ensemble parce que tous au format de poche. Pour faciliter le travail du *packeur* qui placera les articles dans les emballages carton, le code-barres doit être la face visible de chaque article empilé sur la *tote*.

Vous l'avez donc maintenant bien compris, le rangement des très nombreux livres et autres produits que l'on trouve chez Amazon n'est absolument pas celui d'une librairie ou d'une bibliothèque traditionnelle. Bien sûr, tout le monde sait de réputation ou d'expérience qu'Amazon « vend de tout », et que son choix d'ouvrages est extrêmement large, mais de là à se représenter l'étendue de son catalogue… C'est justement à partir de cette idée simple du « tout à vendre » que j'ai pris la mesure de ce que signifie ce « très grand choix d'ouvrages » vanté par Amazon ; là, dans les hangars, on saisit ce que le consommateur individualisé ne peut imaginer, ce que cela signifie concrètement : « vendre de tout ».

Au cœur du catalogue d'Amazon, vous trouvez des livres d'extrême gauche comme des livres d'extrême droite, des auteurs libéraux aussi bien que des antilibéraux, des philosémites et des antisémites, de la théologie musulmane et des théories islamophobes… La liste de ces possibles antagonismes se côtoyant dans les *bins* est incroyablement longue. Qu'importe d'ailleurs la motivation du client pour acquérir le « produit » en question, qu'importe qu'il soit conservateur ou révolutionnaire, extrémiste ou modéré, son parti pris n'est pas important. Amazon veut lui vendre ce qu'il désire acheter. Ici, il y en a pour tout le monde. Adversaires ou ennemis dans la Cité sont tous clients de la même enseigne à but lucratif, la multinationale Amazon.

« En 2011, l'ensemble des livres *Indignez-vous !* [de Stéphane Hessel] expédiés par le site de Montélimar aurait atteint le sommet de la tour Eiffel si on les avait empilés les uns sur les autres », peut-on lire sur le site Internet d'Amazon dédié aux recrutements[1].

Il est inédit de parcourir les rayonnages d'un seul lieu et d'avoir ainsi devant soi la quasi-intégralité des ouvrages qui animent la vie intellectuelle d'un pays. De l'intellectuel fustigeant la mondialisation néolibérale à la philosophe à succès, en passant par le célèbre académicien, le conseiller du prince, le pamphlétaire anti-Lumières vomissant l'« axe américano-sioniste », les ténors des principaux partis politiques, les derniers prix Nobel et le guérisseur ésotérique proposant son guide de développement personnel, tout le spectre des idées et des sensibilités est balayé. Quels que soient les goûts, les couleurs et les opinions, tous contribuent malgré eux au florissant succès d'Amazon.

En entrant dans une librairie de quartier, un client venu acheter un livre prendra peut-être ses jambes à son cou s'il s'aperçoit que son libraire vend un grand

1. http://amazon-operations.fr/pourquoi-rejoindre-amazon-/%C3%80-propos-de-nos-centres-de-distribution-et-de-nos-centres-de-service-client

nombre de livres aux idées farouchement hostiles aux siennes, qu'ils s'agissent de postulats politiques, philosophiques ou esthétiques. Chez Amazon, ce client ne voit tout simplement pas ce qu'il peut éventuellement abhorrer ou refuser de cautionner lors de son achat.

Le camp de Dachau est l'un des quatre-vingts camps construits par le régime hitlérien après l'incendie du Reichstag en 1933. Opposants politiques, Juifs, Roms, homosexuels, handicapés, prisonniers de guerre... Plus de 200 000 personnes y ont été emprisonnées et 43 000 y sont mortes. Amazon a eu le bon goût de commercialiser un puzzle de 252 pièces qui le figure. Ce produit, qui était référencé comme un « jouet à partir de 8 ans » et vendu 24,99 dollars, a défrayé la chronique en Allemagne et fait l'objet de nombreux articles de presse[1].

Si ce puzzle a pu choquer, une analyse minutieuse des ouvrages commercialisés par Amazon vous prouve rapidement que la prose extrémiste, y compris celle prêchant la haine la plus débridée, est une marchandise comme les autres. Je constate qu'Amazon est un formidable outil de diffusion de textes hostiles à la démocratie, à la liberté d'expression elle-même, et plus généralement à l'héritage des Lumières. C'est là l'effet de la vente par

1. Cet article n'est plus vendu par Amazon. L'histoire en a été rapportée notamment par le *Huffington Post* : « Dachau nazi concentration camp puzzle on Amazon sparks controversy », 10 janvier 2012.

correspondance, dans la discrétion, mais aussi du fait qu'Amazon fédère des réseaux de revendeurs.

Dès mes premières nuits de travail, j'ai été amené à mettre dans mon panier des produits culturels dont l'association était pour le moins incongrue. C'est ainsi que des livres de prières catholiques se sont retrouvés empilés sur des DVD et mangas pornographiques. Des gadgets manufacturés en Chine et strictement inutiles tassaient des manifestes pour la simplicité volontaire et la décroissance. Des livres écrits par des figures pacifistes prônant la concorde, l'amour et les petits oiseaux complétaient des piles de jeux vidéo ultra-violents sur les jaquettes desquels des héros bellicistes maculés de sang arboraient leur équipement guerrier. Cette liste pourrait être, elle aussi, très longue. Deux exemples se sont tout particulièrement imprimés dans ma mémoire. D'abord, cette Pléiade de Voltaire que j'ai vu stockée sur une étagère, rangée à côté de la boîte d'un slip pour homme en coton. Mais aussi ce volume de *Jean Santeuil* signé Marcel Proust, rangé à côté d'une boîte de condiments destinés à agrémenter chips et grillades lors des barbecues.

Ma *tote* est pleine, lestée de plus d'une centaine de produits culturels en quelques heures. Il me faut maintenant la pousser jusqu'à un *packeur*. Au *packing*, les ouvriers emballent les produits pour qu'ils soient expédiés au plus vite. Cela afin de garantir la « satisfaction du client » qui viendra, à l'extérieur de l'entrepôt, vernir la bonne image d'Amazon.

VIII

« Les *leaders* ont souvent raison. Ils ont une très bonne connaissance du métier et ils ont du discernement pour appuyer leurs décisions. Voir petit est une prophétie auto-réalisatrice. Les *leaders* conçoivent et communiquent un objectif général ambitieux qui inspire l'obtention de résultats. Ils pensent différemment et cherchent des solutions innovantes pour mieux servir les clients. Les *leaders* établissent des standards élevés qui peuvent paraître irréalisables aux yeux de certains. Les *leaders* élèvent en permanence leur niveau d'exigence et motivent leurs équipes pour délivrer des produits, services et solutions de haute qualité. Les *leaders* veillent à ce que les défauts soient éliminés à temps et que les problèmes soient réglés de façon définitive. »

Nos valeurs – Amazon.fr

À trente mètres du vrombissement des machines lumineuses, seul à une table, le nez dans son gobelet de café et le regard perdu, Ibrahim s'adosse encore une fois à sa chaise, puis s'étire douloureusement en grimaçant. Les brefs instants de pause seront les seuls où il me sera possible de recueillir la parole de ceux que je suis venu rencontrer.

« J'ai le dos en confiture… », se plaint le *packeur* tandis que je prends de ses nouvelles. « Au packing, c'est toujours pareil, t'es tout le temps debout, tu te tues le dos avec tous ces mouvements, tu fais des paquets, des paquets, des paquets… T'sais quoi, hier, quand je me suis couché avant de m'endormir, ça m'rendait fou, j'avais l'impression que mes mains faisaient encore des paquets. J'étais crevé après la nuit de boulot, mais dans ma tête j'arrivais pas à dormir, j'étais trop crispé, j'avais les nerfs, et, dans mon imagination, sans le vouloir, je faisais des paquets. Y'avait des cartons de toutes les tailles, j'te jure, ça m'a rendu fou, ce truc. Franchement si j'pouvais, j'plaquerais tout. Mais bon, en ce moment, Amazon, y'a que ça. Cela faisait quatre mois que je cherchais du taf. »

« En ce moment, Amazon, y'a que ça. » Assenée tel un mantra, cette phrase est de très loin celle que j'ai le plus entendue dans la bouche des intérimaires durant ma mission chez Amazon. Elle pouvait être répétée plusieurs fois dans la même conversation par de multiples personnes pour justifier l'acceptation collective de l'extrême pénibilité du travail. Certains pessimistes la formulent en lui donnant une tonalité grave, tragique, pour exprimer une certaine fatalité. D'autres semblent la prononcer pour désigner un simple épisode orageux avant l'embellie à venir. Parmi ceux-ci se trouvent bien souvent des intérimaires de moins de trente ans vivant encore chez leurs parents et n'ayant pas abandonné tout espoir d'avoir un jour un emploi en CDI, moins éprouvant, et à des heures décentes.

« Je ne vise pas le CDI, c'est clair », précise pour sa part Ibrahim. Sa mission chez Amazon sera de deux mois. Elle s'achèvera la première semaine de janvier 2013. Après quoi, Ibrahim m'indiquera par téléphone être à nouveau chômeur.

Les premiers jours de travail chez Amazon, la signature d'un éventuel contrat à durée indéterminée est présentée par les *managers* comme l'aboutissement possible de nos efforts. Rare, convoité, envié, le CDI fait partie intégrante de leur arsenal, carotte servant à la mobilisation générale des intérimaires. Pour stimuler la productivité des travailleurs temporaires, alors que l'ouvrage est fort peu enthousiasmant, ils l'agitent sous leur nez comme la récompense royale.

Signer un CDI chez Amazon, c'est devenir *associate*, le grade le plus bas de la hiérarchie. Si ce mot, signifiant littéralement « associé », a été choisi pour la catégorie des ouvriers, c'est parce que le fondateur d'Amazon Jeff Bezos ne considère pas ses salariés comme de simples travailleurs, mais bien comme d'authentiques « associés » de son entreprise. C'est pourquoi il leur promet notamment une poignée d'actions Amazon au bout de plusieurs années de carrière afin d'en faire de véritables partenaires… Le grade supérieur, c'est celui de *lead*, le contremaître chargé de superviser plusieurs *associates*. Ensuite viennent les *managers*, qui, eux, supervisent les *leads*, et d'autres *managers* supérieurs, selon leur degré d'élévation dans la pyramide.

Les *managers* sont des équivalents d'officiers, dont les déclinaisons hiérarchiques sont nombreuses : des préfixes anglais ajoutés à *manager* indiquent leur position. Autant dire que chaque salarié dispose de sa carotte pour avancer, qu'il s'agisse pour les intérimaires du CDI, et pour les salariés en CDI d'une prime ou de l'espoir de monter un barreau de l'échelle.

Pour les intérimaires, les choses sont simples. Nous sommes plus d'un millier à avoir été recrutés à Montélimar pour confectionner et expédier les colis des fêtes de Noël. Nous sommes informés qu'au mois de janvier 2013 les meilleurs travailleurs seront peut-être invités à signer un CDI. Combien de postes en CDI sont-ils disponibles ? Nul ne le sait parmi les précaires. Toujours est-il que, selon les mots de l'un des bras droits du directeur venu spécialement dans son costume nous parler avant l'une de nos prises de poste, « la sélection sera rude et il y aura peu d'élus. Mais sachez que, parmi les gens que vous voyez en CDI autour de vous, certains ont commencé comme vous, en intérim ».

La distinction entre le bon grain et l'ivraie des intérimaires se fera selon leur degré de « motivation ». « Motivation » désignant implicitement les performances de productivité, évaluées par ordinateur quel que soit le poste où l'on se trouve. En effet, très régulièrement, plusieurs fois pendant la nuit de travail, le *lead* vient vous informer de votre « *prod* », votre productivité. *Packeurs* et *pickeurs* ont des quotas de productivité à respecter et, au fil des semaines, la courbe de productivité de chacun doit obligatoirement être en perpétuelle croissance. C'est incontournable. En cas de manquement, le règlement intérieur est là pour justifier les sommations des *managers*. Depuis la salle de pause où il se trouve punaisé, je procède à la lecture de l'article 16 du règlement :

16 – PROCÉDURE D'AMÉLIORATION DES RÉSULTATS

En cas de manquement aux objectifs ou à la performance attendue, l'entreprise met en place une procédure équitable et structurée dans la gestion de la performance et de l'amélioration des résultats ayant pour but de :

– Communiquer clairement les objectifs mesurables et réalistes.

– Donner les moyens raisonnables afin d'atteindre ces objectifs.

– Faire bénéficier de mesures de formation ou d'aides appropriées pour aider le personnel à atteindre ses objectifs dès lors que les progrès ne sont pas suffisants.

16.1 – DÉCLENCHEMENT DU PROCESSUS DE L'AMÉLIORATION DES RÉSULTATS

Si les résultats de l'employé ne sont pas atteints, lors de l'entretien d'évaluation le supérieur hiérarchique établit et discute avec l'employé d'un programme d'amélioration avec des objectifs réalistes et mesurables. Cette procédure est déclenchée après constatation lors de l'évaluation annuelle ou semestrielle des résultats que les résultats de l'employé sont en dessous de ses objectifs, ou dès que l'entreprise constate que les résultats n'atteignent pas les objectifs exigés.

En production, grâce au système de gestion totalement informatisé, chaque supérieur hiérarchique sait en temps réel quel article un *packeur* est en train d'emballer, ou quel produit un *pickeur* est en train de prélever, mais aussi dans quelle zone de rayonnages il se trouve, à quel rythme il travaille, ou quels sont les temps de pause suspects. Il peut dès lors calculer sa productivité et déduire de ces chiffres de nombreuses informations. Le *pickeur*, même quand il est éloigné physiquement de ses supérieurs hiérarchiques, est « tracé » en permanence par son *scan* wi-fi, qui transmet en continu toutes les informations qu'il enregistre. Un nombre pléthorique de puissantes bornes wi-fi sont disséminées partout dans les hangars, fixées sous les hauts plafonds de tôle.

Le *scan*, outil indispensable à la gestion des ordres de prélèvement et des flux de marchandises, est donc aussi, vous l'avez compris, un petit flic électronique enregistrant le moindre de vos mouvements. Je ferai plus tard l'expérience des conséquences de cette surveillance lorsque j'aurai à essuyer des remontrances au sujet de mon rythme de travail. S'il décide de communiquer avec vous, *pickeur*, un *lead* ou un *manager* envoie un message électronique qui vient occuper tout l'écran de votre *scan* et le bloque un court instant.

Chaque nuit de travail compte pour le calcul final de la productivité, statistiquement recalculée quotidiennement. « C'est comme au championnat de foot, toutes les journées comptent », m'expliquera un *lead* depuis son ordinateur. Que votre *prod* soit bonne ou mauvaise, l'archivage informatique de votre productivité personnelle dans votre dossier individuel se fait automatiquement. Si vous avez le droit de demander quelle est votre *prod* à un supérieur hiérarchique, vous n'avez jamais accès directement à votre dossier informatique, car seul votre supérieur hiérarchique est autorisé à manipuler le logiciel. Difficile, donc, de savoir ce qui est consigné dans votre dossier.

Grâce à toutes ces données actualisées en temps réel, les supérieurs hiérarchiques sont en mesure d'exiger de vous un effort si vous ne travaillez pas avec suffisamment d'ardeur. Ainsi, pour qui souhaite décrocher un CDI, faut-il donner chaque jour tout son possible afin d'occuper les premières places du classement et écraser les autres par votre score. Les honnêtes travailleurs moyens ne sont pas considérés comme des « *leaders* ». Pour être embauché, il faut donc viser la performance, les « standards élevés qui peuvent paraître irréalisables aux yeux de certains », évoqués dans la charte des valeurs de la multinationale.

À ce prérequis s'ajoute l'indispensable aisance relationnelle. En plus des statistiques de productivité élevées, il est implicitement demandé aux intérimaires de démontrer qu'ils sont compatibles avec l'ambiance relationnelle interne, qu'ils sont aptes à « se fondre dans le moule », comme me le dira un *manager*.

Cependant, il n'est pas tout à fait exact d'écrire que les meilleurs des intérimaires signent automatiquement un CDI en janvier. Un syndicaliste m'expliquera en effet que les CDI sont rarement signés en janvier. Selon lui, un bon élément détecté est le plus souvent d'abord prolongé plusieurs mois dans sa période d'intérim, avant de signer un CDI. Chez Amazon, même lorsqu'il est recruté, un cadre passe automatiquement par une période de plusieurs mois d'intérim. C'est écrit noir sur blanc sur les offres d'emploi qui se trouvent punaisées sur les panneaux d'affichage à l'entrée de l'entrepôt.

« Je t'imagine bien ici, toi ! », me taquine maintenant Ibrahim alors que j'épluche ma dernière clémentine dans la salle de pause. Avec mes sourires à répétition, ma volonté d'échanger des propos avec le plus grand nombre, mes nombreuses questions lors de mon intégration, et mon dynamisme des premiers jours, lequel facilita mon approche des *leads* et des *managers*, nombreux furent les intérimaires qui crurent initialement que je cherchais à me placer pour le CDI. C'est également ce qu'ont pensé les *managers*.

Les haut-parleurs sonnent la fin de la pause. En un éclair, tout le monde se lève, franchit les tourniquets et reprend son poste. Chez Amazon, pour une nuit d'ouvrage, le travailleur a le droit à deux pauses de vingt minutes. En réalité, si les pauses sont de vingt minutes, le répit est bien moindre. La responsable du recrutement d'Adecco nous avait prévenus. À l'heure où sonne la pause, il nous faut quitter notre poste et entreprendre la longue traversée des hangars, en direction des tourniquets de sortie. Pour bien comprendre pourquoi la pause effective est réduite, il vous faut ajouter le temps perdu lors du contrôle *screening*. Ensuite, comptez celui utilisé à ouvrir et fermer votre casier où se trouve votre nourriture, indispensable à l'effort physique. Vous y êtes ? Maintenant, rendez-vous aux W-C, temps auquel s'additionne celui consacré à vous laver et à vous sécher les mains salies par la poussière, les chariots et les cartons. Après cela, si vous souhaitez boire un café, tout aussi indispensable pour rester éveillé une nuit entière, encore faut-il que vous soyez face à une machine libre.

Le temps réel de pause, j'entends celui où l'on est véritablement assis, s'élève à cinq ou six minutes.

J'ai omis de préciser qu'il vous faut également prendre en compte le temps de marche de la longue traversée retour.

Les *managers* sont catégoriques : le travail doit reprendre vingt minutes très exactement après l'instant où il s'est arrêté. Chaque nuit, les travailleurs ont le droit à deux pauses. L'une est rémunérée par Amazon. L'autre est à la charge du travailleur. Le travail débute à 21 h 30 et s'achève à 4 h 50. Bien que l'ouvrier passe sur le site sept heures et vingt minutes, il n'est payé que pour sept heures de travail par nuit. Il n'y a pas de petites économies.

La plus criante des injustices au sujet du temps de travail est incarnée par la distance entre le lieu où se trouve la pointeuse et les tourniquets par lesquels l'on entre et l'on sort. Six fois par jour, cette traversée de deux minutes est à la charge du travailleur. Pourquoi la pointeuse n'est-elle pas placée à l'entrée de l'usine, comme le souhaitent les syndicalistes ? C'est bien simple : dès lors que ces temps de traversée sont pris sur le temps libre du travailleur, avant et après son passage par la pointeuse, ou pendant ses temps de pause puisque sa pause ne débute pas au tourniquet de sortie, ils ne sont pas payés par Amazon. Avec douze minutes spoliées par jour, multipliées par mille travailleurs quotidiens, sur ce seul site, cela fait douze mille minutes, soit deux cents heures de travail par jour non payées. Multiplions ce temps par trente-et-un jours. Nous obtenons une économie de six mille deux cents heures de travail non payées par Amazon aux salariés.

Très hostile aux syndicats, l'entreprise se moque éperdument de cette juste revendication qui consisterait à placer la pointeuse là où elle devrait logiquement se trouver, et là où les pauses devraient réellement débuter.

IX

« Les *leaders* se concentrent sur les éléments-clés de leurs activités et les atteignent en temps et en heure avec un souci de qualité. En dépit des contretemps, ils saisissent toutes les opportunités et n'abandonnent jamais.

Les *leaders* sont autocritiques vis-à-vis d'eux-mêmes et de leurs équipes. Les *leaders* abordent les problèmes et font passer l'information, même si ce n'est pas toujours facile. Les *leaders* se comparent et comparent leurs équipes aux meilleurs. »

Nos valeurs – Amazon.fr

Chaque nuitée d'ouvrage est identique, terriblement rébarbative et profondément exténuante. Si l'annonce des vingt kilomètres de marche quotidienne pour un *pickeur* semble de prime abord très abstraite, la perception musculaire de cette incroyable distance ne tarde pas à se faire sentir après les premières nuits.

Marcher, donner un coup de gâchette au scanner, prélever un article, marcher, marcher encore à travers le dédale de marchandises et de cartons, et recommencer sans fin... L'épuisement est inéluctable, y compris pour les plus robustes.

Les premières nuits sont difficiles, car il faut prendre le rythme de la vie nocturne. Les suivantes sont tout aussi éreintantes, car il faut subir les douleurs dans le dos, le cou, le poignet qui porte toute la nuit le *scan*, mais aussi les cuisses, où sévissent les crampes musculaires. Il y a aussi ces longs moments, le plus souvent vers 3 h 30 pour ma part, où les jambes se pétrifient sans même que l'on puisse s'y attendre, se durcissant d'un coup, comme si les os et les muscles se solidifiaient de concert sans prévenir, pour former comme un bloc de granit. Pendant dix, quinze ou vingt minutes, il est bien difficile d'avancer au rythme fixé par la productivité : les jambes semblent être devenues de pierre. Puis soudain elles se libèrent et permettent d'achever la nuit.

Ajoutez également ces nuits où l'on ne travaille pas dans les stocks des petits produits culturels, mais dans ceux destinés aux gros emballages. Électroménager, gros poupons, énormes boîtes de Playmobil, marmites en fonte, téléviseurs... Lors de ces nuits où le dos est mis à rude épreuve, on troque la *tote* habituelle pour un chariot à barreaux plus haut et plus robuste. Le port des chaussures de sécurité est alors obligatoire. Marcher plus de vingt kilomètres avec ces sabots rigides n'est pas franchement agréable, et j'ai souvent essayé de tricher en gardant les chaussures de sport que tout le monde porte ici pour les longues marches nocturnes qu'impose le travail. Les chaussures de sécurité, de piètre qualité, ont l'inconvénient, à la longue, par leur rigidité, de vous donner des ampoules qui ne facilitent pas le travail les jours suivants.

Justine, le soir de notre intégration, nous a laissé entendre qu'en réalité les *pickeurs* dépassent souvent les vingt kilomètres par nuit et que la distance avoisine plutôt les vingt-quatre, voire les vingt-six kilomètres. Le meilleur moyen de le vérifier serait de la calculer avec un podomètre, mais les objets électroniques sont strictement interdits sur le *floor*. En porter un pourrait être interprété par la sécurité comme le vol d'un podomètre stocké et commercialisé par Amazon.

Quoi qu'il en soit, le *pickeur* est debout en permanence et ne cesse jamais de marcher, à haute cadence. À tel point que, lorsque vous pouvez enfin vous asseoir cinq minutes sur une chaise lors d'une pause, vous ne pouvez que louer la chose pour son immense bienfait. Jamais auparavant dans ma vie il ne m'avait d'ailleurs semblé que le simple fait de s'asseoir pût être aussi agréable.

« C'est vrai que c'est très dur, surtout de nuit, mais moi je viens du bâtiment et, pour la même difficulté qu'avant, j'ai l'avantage de rentrer chez moi propre », relativise Fabien, trentenaire barbu paraissant dix ans de plus que son âge.

Fabien est salarié en CDI. Je le rencontre lors d'une traversée retour. « Avec les chantiers, je ne pouvais pas faire de projets, je ne pouvais pas faire plaisir à mes gosses, c'était toujours de l'intérim, des petites missions. Avec ce CDI, j'ai fait un crédit pour un appart », ajoute-t-il sobrement. « Je dis pas que ce qu'ils font, la CGT, c'est bien. Faut voir, pendant un an y'avait pas de syndicat et je pense qu'ils [la direction] en ont bien profité. Maintenant on a un comité d'entreprise et des avantages qu'on n'avait pas avant. Mais, en même temps, moi, j'oublie pas qui me donne ma paye à la fin du mois. »

Si, à la lecture de la retranscription de ses propos, vous pensez que Fabien fait partie de ces travailleurs sceptiques envers les syndicalistes, vous êtes dans l'erreur. En effet, non seulement Fabien me livrera un autre jour un tout autre discours, bien différent et beaucoup plus critique à l'égard de la direction d'Amazon, mais je découvrirai également qu'il se révèle être totalement favorable à la CGT et soutient son action. Paradoxal ? En réalité, en multipliant les échanges au sujet des conditions de travail dans l'entrepôt avec un large éventail de salariés, il n'est pas difficile de comprendre que la plupart des travailleurs critiques prennent de grandes précautions lorsqu'ils expriment leur opinion sur leurs conditions de travail auprès d'un nouveau venu. Ainsi, ils n'hésitent pas à prêcher le faux pour pouvoir détecter les éventuelles planches pourries, ces ambitieux faisant du zèle auprès de la hiérarchie, capables de trahir les éléments contestataires pour se faire bien voir des *managers*. L'opinion des travailleurs se décline au pluriel : elle offre un large panel de nuances.

Pour ma part, dès les premières nuits, je suis forcé de reconnaître qu'à rebours de mon enthousiasme initial l'effort exigé par le travail est terrible. « Surtout, force-toi à manger quand tu rentres avant de t'endormir, même si tu n'as pas faim. Trouve ton rythme pour tes repas et tiens-le, sinon tu vas très vite t'affaiblir », m'avait conseillé Justine lors de l'intégration.

Le bouleversement biologique dans mon corps est indiscutable. Si je peine à finir les nuits de travail, où les marches semblent interminables, l'intense effort physique n'aide pas pour autant à trouver le sommeil une fois couché. Chaque matin, lorsque j'arrive enfin chez moi, j'avale d'abord un petit déjeuner et rédige ensuite pendant près d'une heure mon journal de bord. Chaque matin, je suis le premier surpris de constater la profusion des « choses vues ». L'écriture est le seul instant agréable de ma journée, mais le plaisir est gâché par la fatigue. Plus tard, il me faudra une discipline de fer pour tenir ce rythme, mon corps ordonnant que je me couche, contre ma tête exigeant pour sa part un compte rendu détaillé de la nuit à l'usine.

Face à mon carnet, mes souvenirs sont à vif, et mon écriture est rapide bien que plus gauche qu'à l'accoutumée. Chaque détail que je ne note pas immédiatement sera peut-être définitivement perdu dans les limbes de ma mémoire.

Une fois la nuit achevée, tandis que le jour se lève, il me faut parfois rester plusieurs dizaines de minutes allongé, en tentant de m'apaiser, afin de trouver le sommeil. Peut-être la nervosité et la caféine ingérée avant le travail et lors des pauses se conjuguent-elles. Je crois aussi que l'effervescence générée par un travail où chaque réflexe est conditionné par un *process* rébarbatif porte une part de responsabilité dans ce cruel temps d'insomnie où l'on ne peut s'abandonner au repos. Enfin, lorsque le sommeil vient poser son doigt dans les rouages de l'horloge pour en faire tourner les aiguilles à haute vitesse, je ne me réveille que vers 15 ou 16 heures. Comme pour d'autres salariés de l'équipe de nuit, il ne me reste plus alors que cinq ou six heures dont je puisse disposer librement avant la nouvelle prise de poste.

Ces cinq ou six heures ne ressemblent cependant en rien à ce que j'avais imaginé. En effet, avant de débuter ma mission, je songeais qu'il me serait possible d'exploiter ce temps pour vivre à mon rythme habituel. Il n'en est rien. Ce temps est seulement celui de l'hébétude et de l'inconsistance. Aucun effort nécessitant attention ou concentration ne m'est possible en ces après-midi. Pis encore, préalablement à ma prise de poste et donc à un nouvel effort physique de plus de vingt kilomètres de marche, je reste lamentablement avachi sur un canapé tout en me forçant à ingérer un repas malgré ma totale absence d'appétit. C'est à cause de ce dérèglement de l'appétit que certains intérimaires s'évanouissent au travail. Réduit à n'être plus rien d'autre que celui qui travaille de nuit chez Amazon, je ne suis plus capable d'intellectualiser quoi que ce soit. Exténué, je me contente seulement d'enfoncer une becquée de pâtes dans ma bouche. Avant la suivante.

X

« C'est comme la Chine communiste sous Mao. On vous pousse en permanence à aider la collectivité. Si vous ne le faites pas, vous vous dressez contre votre propre famille. »

Un employé d'Amazon,
cité dans l'article « Not all smiles inside
Amazon », *The Washington Post*,
25 novembre 1999.

Tous les propagandistes savent qu'il est toujours possible pour une minorité d'influencer les opinions de la majorité. Ce n'est donc pas par hasard que le slogan d'Amazon assène :

WORK HARD
HAVE FUN
MAKE HISTORY

Le « *have fun* » est d'une importance cruciale si l'on veut bien comprendre les rouages de l'entreprise. Si l'incroyable pénibilité du travail est assumée, explicitement incarnée par le « *work hard* », le « *have fun* » est une notion dont l'objet est de faire contrepoids à la rudesse de l'ouvrage. C'est pourquoi les *managers* ne ménagent pas leurs efforts pour que quotidiennement ou presque cette notion du « *have fun*[1] », littéralement de l'amusement au travail, s'incarne au moins un instant et divertisse les travailleurs harassés.

Q1. À quoi a servi l'origami dans Prison Break *?*
 # Un passe-temps
 # Un moyen pour sortir de prison
 # Un moyen pour séduire la doctoresse

Q9. D'où vient le problème à la jambe du Dr House ?
 # Une intervention médicale ratée
 # Un problème de naissance
 # Une maladie dégénérative

Q10. Dans quelle famille Alf a-t-il atteri ?
 # Les Tanner
 # Les Miller
 # Les Cunningham

1. Voir les albums « *have fun* » mis en ligne sur la page officielle du site de recrutement pour l'Europe (http://www.facebook.com/AmazonEUOperationsCareers).

Ces trois questions, extraites du « Quiz – Semaine 47 », sont un exemple de celles auxquelles chaque ouvrier est invité à répondre durant ses temps de pause. Chaque semaine, un nouveau quiz est imprimé et mis à la disposition de tous en salle de pause.

Les dix questions hebdomadaires ont toutes pour thème les séries télévisées, les films *blockbusters* hollywoodiens du moment ou les groupes de l'industrie musicale. Les questions des quiz sont toutes strictement cantonnées à la culture de masse. La semaine suivante, les réponses aux questions sont affichées, et les gagnants qui participent aux concours de quiz remportent des cadeaux, généralement des téléviseurs ou des coffrets de DVD commercialisés par Amazon.

Cette initiative de la direction s'inscrit parmi de nombreuses autres, dont la totalité forme un incroyable arsenal d'actions psychologiques. Les « actions psychologiques » sont des opérations lancées par le sommet de la hiérarchie en direction de la base : au moyen de petites attentions à l'apparence anodine et d'un très faible coût de revient, elles permettent de valoriser à long terme les chefs, et ce, malgré ce qu'ils font endurer aux assujettis.

Avec une bonne dose de condescendance théorique et de préjugés de classe, ces actions psychologiques visent des ouvriers statistiquement moins diplômés que le reste de la population. Quelqu'un n'ayant jamais mis le pied dans une usine pourrait considérer que les cocottes en chocolat distribuées à Pâques, le mini-cirque installé à l'occasion de la fête de la Musique, tout comme le quiz hebdomadaire, ne peuvent avoir de l'influence sur les esprits critiques « éclairés ». Or, la réalité est bien plus subtile. C'est méconnaître la réalité du travail physique que de raisonner ainsi.

La fatigue physique « impacte » l'humeur, la sensibilité, ainsi que l'émotivité. Toute personne en ayant véritablement fait l'expérience sait que la tentation des comportements régressifs est alors considérablement accrue. En salle de pause, par exemple, la surconsommation d'aliments industriels extrêmement sucrés en atteste. J'ai d'ailleurs recueilli des témoignages d'intérimaires surpris de désirer les produits sucrés du distributeur, alors même que ces aliments les laissent généralement indifférents, hors de leur travail de nuit. De plus, lorsque votre vie se résume à travailler de longues heures, à dormir, à vous alimenter, à vous laver, à conduire votre voiture et à payer vos factures, les instants de légèreté vous apparaissent comme les derniers aspects agréables de votre condition.

Le « *have fun* » chez Amazon ne fait qu'exploiter une faille. Une faille éminemment utile au conditionnement psychologique des travailleurs. Ces petits signes d'attention, ce peu de réconfort offert servent aussi à faire tolérer l'intolérable : puisque le travail des ouvriers d'Amazon est exténuant. La direction sait se saisir des occasions pour instiller une dose de joie artificielle qui influence l'humeur et l'émotivité. J'insiste sur le fait que la mécanique du « *have fun* » relève de la psychologie sociale. Il s'agit de techniques scientifiquement étudiées par des spécialistes de la psyché, notamment dans les laboratoires de grandes universités américaines.

« Beaucoup de couples formés en dehors d'Amazon rompent quand l'un des deux arrive chez Amazon », remarquait Justine, la formatrice, lors de l'intégration. Pour quelle raison ? « Tu vas vite le voir tout seul. On a des horaires complètement décalés. En dehors du boulot, surtout pour les équipes de nuit, on ne fait que dormir et on est crevé. Du coup, la vie sociale, c'est dur d'en avoir une, à force. Les amis veulent te voir, mais toi, t'es crevé, t'as dormi jusqu'à 16 heures, tu dois aller faire les courses ou faire le ménage, et puis t'es préoccupé parce que tu sais que tu vas reprendre le boulot dans quelques heures. C'est pour ça qu'à la longue la vie sociale se réduit », m'explique Justine.

Les couples n'échappent pas à la règle de cette dissolution des liens une fois passés au tamis des conditions de travail chez Amazon. Bien sûr, tous ne se séparent pas. « Mais tu verras, ici, c'est Dallas, reprend Justine. Les cancans, Radio Amazon, les rumeurs occupent beaucoup la tête des gens. La vie sociale, en fait, ça devient Amazon. »

Et voilà pourquoi le « *have fun* » fonctionne si bien. Une fois éloigné de sa vie civile d'antan, il est proposé au salarié d'Amazon, dont le salaire est celui d'un ouvrier, des activités de divertissement gratuites. Bowling, cinéma, fêtes, sorties diverses… C'est dans le cadre du travail que la convivialité humaine se développe et s'enracine. Cette convivialité façonnée par Amazon ne se contente pas de dissoudre les anciennes convivialités, jadis construites par le travailleur lui-même. Par l'occupation de son temps libre, le « *have fun* » élabore des nouveaux rapports sociaux. C'est une technique d'ingénierie sociale destinée à tisser autour du travailleur une mécanique d'emprise.

Un travailleur précaire au faible pouvoir d'achat, pour qui les jouissances de la société de consommation sont limitées, peut partager grâce au « *have fun* », des moments agréables avec d'autres individus de son milieu social. Il peut alors rompre avec sa solitude affective et rencontrer d'autres salariés qui partagent son quotidien, ses douleurs et ses instants de joie conditionnée. Amazon n'est plus dès lors une simple entreprise, mais devient un village coupé du monde, reconfigurant les rapports sociaux de ses travailleurs. La conséquence est inéluctable. Chaque individu ainsi socialisé hésite à prendre le risque de s'éloigner des normes édictées par la hiérarchie, sous peine de quitter la communauté, cet étrange collectif que forment les « amazoniens », dans lequel il vit quotidiennement et au sein duquel le syndicat est présenté comme une structure menaçant l'ordre naturel.

« Hier, le comité d'entreprise a fait venir un camion à pâtes, offertes aux salariés pendant la pause, m'explique Simon de la CGT pendant une pause. Tu ne peux même pas t'imaginer combien ils nous ont emmerdés, la direction, pour nous mettre des bâtons dans les roues : il nous a fallu demander des autorisations pour l'emplacement du camion, remplir de la paperasse pour tirer un câble électrique, et ils nous ont donné un emplacement de merde, invisible pour les travailleurs pendant leur pause. Et regarde ce que ces enfoirés font ce soir ! » Simon lève le bras et pointe du doigt un stand où travaille un forain, lequel est situé exactement devant l'entrée principale de l'entrepôt par laquelle sortent tous les travailleurs. Éclairé par de puissants projecteurs, décoré de jolies bâches chatoyantes, le forain offre sur son stand du chocolat chaud, du café et des pralines caramélisées qu'il confectionne sous les yeux des travailleurs. Tous sont ravis de pouvoir se délecter gratuitement pendant leur pause. C'est, bien entendu, du « *have fun* » payé par Amazon.

« Cela me dégoûte de voir ça, reprend Simon. Ils font ça pour concurrencer le comité d'entreprise. Je vais vérifier avec les copains de la CGT, mais je pense que c'est illégal de faire ça. De toute manière, ils [la direction] s'en foutent, ils le font quand même. Qu'est-ce que nous pouvons dire aux travailleurs ? Ne mangez pas de pralines ? Nous, ils nous donnent un emplacement de merde pour notre camion à pâtes, et le lendemain ils se mettent devant l'entrée. Je te le dis, c'est de la concurrence. »

Avec ses propos indignés, Simon offre la preuve que le stand de pralines ne relève pas de la simple bienveillance. J'observe maintenant silencieusement les gobelets blancs emplis d'arachides caramélisées. Une cacahuète par-ci. Un bout de chocolat par-là. Le « *have fun* » est une authentique stratégie.

XI

« Monsieur le Ministre, peut-on se féliciter qu'il y ait tant d'emplois précaires chez Amazon, notamment des intérimaires ?
– Écoutez, il y a des emplois saisonniers, comme d'ailleurs dans toute activité. Les vendanges, c'est des emplois saisonniers. Dans l'industrie aussi, il y a des emplois saisonniers. »

Arnaud Montebourg,
ministre du Redressement productif,
interview vidéo,

« Implantation d'Amazon à Chalon »,
Le Journal de Saône-et-Loire, 25 juin 2012.

Un soir, tandis que nous discutons de la profusion des livres du stock en attendant la prise de poste, Mounir m'annonce : « Hier, je suis allé chercher le livre d'un mec connu… » Je l'interroge afin d'en savoir plus sur cet auteur mystérieux. « Ben ouais, tu sais, celui qu'a écrit *Les Misérables*… »

Victor Hugo ? « Ouais, Victor Hugo. Il est connu, lui, non ? »

Si les hangars comptent des centaines de milliers d'ouvrages et en expédient de folles quantités chaque jour et chaque nuit, pas un seul libraire ne se trouve au cœur de l'infrastructure logistique.

Le Syndicat de la librairie française considère aujourd'hui que, à proportions égales, la librairie indépendante française représente une activité qui génère deux fois plus d'emplois que les grandes surfaces culturelles, trois fois plus que la grande distribution et, selon les chiffres de la Fédération du e-commerce et de la vente à distance, dix-huit fois plus que le secteur de la vente en ligne dont Amazon est le fleuron. En d'autres termes, il faut *dix-huit fois moins d'employés* dans un entrepôt logistique d'Amazon que dans une librairie indépendante, celle du centre-ville que vous fréquentez souvent, pour vendre le même volume de livres.

On associe généralement à l'économiste Joseph Schumpeter la définition d'un phénomène économique ayant pour conséquence la disparition de secteurs d'activité conjointement à la création de nouvelles activités économiques. Les économistes libéraux l'appellent la *destruction créatrice*. « Le point essentiel à saisir, dit Schumpeter[1], consiste en ce que, quand nous traitons du capitalisme, nous avons

1. Joseph Schumpeter, *Capitalisme, socialisme et démocratie*, Payot, coll. « Bibliothèque historique », 1990.

affaire à un processus d'évolution. Il peut paraître singulier que d'aucuns puissent méconnaître une vérité aussi évidente et, au demeurant, depuis si longtemps mise en lumière par Karl Marx. [...] Le capitalisme, répétons-le, constitue, de par sa nature, un type ou une méthode de transformation économique, et non seulement il n'est pas stationnaire, mais il ne pourra jamais le devenir. »

Pour Schumpeter, le processus de *destruction créatrice* constitue la donnée fondamentale du capitalisme. Le fondateur et actuel PDG d'Amazon a embrassé la conception ultra-libérale de l'économie mondialisée et la met en œuvre dans la stratégie de son entreprise. Jeff Bezos se revendique lui-même du libertarianisme, une idéologie anarcho-capitaliste combattant farouchement toutes les doctrines économiques qui prônent l'intervention de l'État dans l'économie, ou pis à sa régulation. Ce milliardaire est d'ailleurs un important donateur du think tank libertarien Reason Fondation.

D'un point de vue strictement économique, le livre est une marchandise comme une autre. À l'heure où l'émergence du Web 2.0 a déjà permis de renouveler toutes les techniques de vente, il est possible de casser un marché au profit d'un autre. C'est pourquoi à l'avenir investisseurs et dirigeants d'entreprise n'hésiteront pas à poursuivre leur casse du marché de la librairie traditionnelle si cela peut leur rapporter des profits. Le principe de la destruction créatrice est à l'œuvre dans la conquête perpétuelle de nouveaux marchés par

Amazon, au même titre que les autres géants, Apple ou Google. Par le passé, il a permis l'essor de la lampe électrique au détriment de la bougie ; aujourd'hui, la *destruction créatrice* à l'œuvre dans le développement d'Amazon n'apporte pour confort supplémentaire au lecteur que celui de la livraison à domicile ; le prix du livre, fixé par son seul éditeur, quel que soit son vendeur, restant donc « unique » en France.

Les débuts de la firme sont déjà loin. Celle-ci a conquis le marché américain du livre électronique en lançant sa liseuse, le « Kindle », avec ses déclinaisons diverses qui en font aussi une tablette multimédia... L'offensive sur le marché européen a démarré en 2011. Chez Amazon, il est dit que la dématérialisation du livre papier servira ses intérêts, et le marché français ne saurait rester à l'écart de cette tendance.

En choisissant d'acheter ses livres chez Amazon, le lecteur fait le choix, conscient ou inconscient, de tirer un trait sur le rôle précieux que joue la librairie comme lieu de convivialité, de partage, de découverte, de mixité et de rencontre. Mais aussi sur les emplois de libraires qualifiés que génère cette activité commerciale de proximité.

« Vous savez, on ne passe pas beaucoup de temps à penser à nos concurrents, déclare Jeff Bezos[1]. Chez Amazon, on est obsédés par nos clients... pas par nos compétiteurs. Nous, on est plutôt des explorateurs,

1. « PDG d'Amazon : "Le livre papier, c'est la technologie d'hier" », *Le Nouvel Observateur*, 24 juin 2011.

des pionniers. On essaie des choses nouvelles ; on invente. On recrute les gens qui ont cet état d'esprit. Et, franchement, on ne se pose pas la question de ce qui arrive aux autres. »

Quant au livre en lui-même, la « marchandise » sur laquelle Amazon a construit son empire, Jeff Bezos n'hésite pas à le dépeindre tel un objet ringard en affirmant que « le livre papier est une vieille technologie, qui a beaucoup d'inconvénients auxquels on s'est habitué [...]. Si je suis forcé de lire un livre papier maintenant, je m'aperçois que je ne peux pas changer la taille des caractères, que je ne l'ai pas tout le temps avec moi, qu'il est lourd, qu'il ne garde pas automatiquement en mémoire ma dernière page. »

Nul ne peut dire quel sera l'avenir économique du marché du livre dans les prochaines décennies, mais l'objectif affiché par Amazon est d'opérer sa transformation totale, d'en faire un business de téléchargement numérique de fichiers, et de s'y tailler la part du lion. Afin, bien sûr, de maximiser les profits.

Au cœur de cette grande bataille commerciale et culturelle entre Amazon et les points de vente physique, l'État français n'est pas un simple spectateur. En France, malgré le comportement fiscal d'Amazon[1] et l'élan libertarien qu'insuffle Jeff Bezos à son

1. « Franchement, nous pensons que vous manipulez vos profits », a lancé une députée anglaise, à la Chambre des communes, à l'un des cadres d'Amazon, sommé de répondre aux questions des députés britanniques et ne répondant rien, si ce n'est que le montage est légal. Cité par Florentin Colomp, « Starbucks,

entreprise, l'actuel gouvernement socialiste ainsi que diverses collectivités locales ou municipalités, de gauche comme de droite, ont décidé de subventionner les « créations d'emplois » que représentent l'ouverture d'un entrepôt de logistique de cette multinationale, dont la cotation est très en vue à Wall Street. Combien ces emplois vont-ils en détruire dans les points de vente physique, et par ricochet dans l'ensemble des métiers du livre ? Nul ne songe à avancer un chiffre.

S'il est encore trop tôt pour le dire, il est important de souligner qu'en France le chiffre d'affaires d'Amazon enregistre 40 % de croissance annuelle et que les investisseurs font toute confiance à Amazon pour poursuivre son travail de *destruction créatrice.*

« Je ne cache pas mon contentement et ma satisfaction, nous avons tous été au rendez-vous pour que ça réussisse », se félicitait le ministre du Redressement productif Arnaud Montebourg le 25 juin 2012, lors de sa visite à Chalon (Saône-et-Loire) pour la création du troisième entrepôt logistique d'Amazon en France, d'une surface de 40 000 m^2. Quatre mois après la visite du ministre Xavier Bertrand (UMP) dans l'entrepôt d'Amazon Logistique à Saran, au nord d'Orléans, le ministre du Redressement productif socialiste déclarait donc, en Bourgogne, comme Xavier Bertrand avant lui dans la région Centre, que

---

Amazon, Google : la colère du fisc britannique », *Le Figaro*, 13 novembre 2012.

des travailleurs sans diplôme peuvent enfin « trouver un emploi grâce à Amazon, avoir un débouché ».

Le hasard a voulu que cette troisième implantation d'entrepôt se fasse en plein cœur du fief électoral d'Arnaud Montebourg, dans les environs de Chalon, dont il fut député durant trois mandatures. « Ce n'est pas un hasard, cette implantation, c'est une réussite des collectivités locales, de la région, du département et du Grand Chalon, pilote de la négociation avec Amazon », a expliqué le ministre. Cinq mois plus tard, l'annonce de l'ouverture d'un quatrième entrepôt logistique, dans le Nord cette fois, a donné lieu à un nouveau concert d'auto-congratulations politiques.

« C'est une très très grande nouvelle, les services de l'État nous ont aidés énormément pour travailler sur ce dossier : avec le sous-préfet, le préfet du Nord, la Dreal [direction régionale de l'environnement, de l'aménagement et du logement]. C'est une aventure de dix mois qui se concrétise et c'est une très très grande joie », se félicitait le 26 novembre 2012 sur LCI Christian Poiret, maire divers droite de Lauwin-Planque, également conseiller général du canton de Douai-Sud-Ouest et président de la communauté d'agglomérations du Douaisis.

Tous les dirigeants politiques se réjouissant de l'ouverture de nouveaux entrepôts logistiques d'Amazon ne font pourtant qu'applaudir et encourager un processus économique menant les libraires indépendants et autres travailleurs du secteur vers le chômage. D'autant qu'à l'aide de ces subventions publiques versées à une multinationale en pleine forme financière, les politiques faussent non seulement la libre concurrence avec de l'argent public, mais accélèrent de surcroît le processus économique fabriquant davantage de chômeurs que de nouveaux emplois non qualifiés. Le tout garantissant les méga-profits d'une multinationale dont la légende s'écrit chaque jour un peu plus à Wall Street.

Le 7 janvier 2012, suite à la publication d'une note d'analyse de la banque Morgan Stanley, le cours de l'action Amazon a atteint l'un de ses sommets : 268,40 dollars. La banque d'affaires new-yorkaise considère qu'un quasi-doublement des ventes du commerce en ligne est à prévoir d'ici à 2016, ventes qui passeront ainsi à près de 1 000 milliards de dollars contre 512 milliards en 2012. La part de marché d'Amazon pourrait atteindre 23,5 % en 2016, contre 14 % à la fin 2012. Morgan Stanley considère que le potentiel d'Amazon est gigantesque, car la multinationale jouit d'un réseau mondial de plateformes logistiques et est capable de baisser encore ses coûts fixes, d'améliorer ses marges et de prendre de nouvelles parts de marché. Pour l'année 2012, le chiffre d'affaires d'Amazon a progressé de 27 %, s'élevant à 61,09 milliards de dollars (45 milliards d'euros).

Consécutivement aux nombreuses enquêtes fiscales déclenchées par plusieurs États à l'automne 2012 – notamment un rappel d'impôt de 252 millions de dollars (198 millions d'euros) de la part du fisc français –, le cybermarchand a passé, pour l'exercice 2012, des provisions pour impôts de 428 millions de dollars (315 milions d'euros), bien supérieures à celle de l'année précédente (291 millions de dollars). Même la perte de 39 millions de dollars (28,9 millions d'euros) pour l'exercice 2012 (contre un bénéfice de 631 millions de dollars en 2011), annoncée le 29 janvier 2013 par Amazon, fut saluée par la Bourse de New York. Le jour même, le titre bondissait à 288 dollars hors séance, son plus haut niveau historique[1].

Je médite seul depuis l'entrepôt et contemple le toit de tôle. Un système politique totalitaire pourrait tout à fait s'accommoder des organisations logistiques totalement informatisées. Cette méthode de diffusion des livres réalise la performance de faire en sorte que des centaines de travailleurs non qualifiés manipulent un très grand nombre d'ouvrages, que les tâches rébarbatives qui leur sont assignées les empêchent de lire. Peu importe le contenu du livre, peu importe ce que peut représenter un ouvrage, dans le cadre des longues heures du travail, la « Pléiade » de Voltaire et le slip en coton deviennent l'une et l'autre deux produits à prélever le plus vite possible afin de remplir les objectifs de productivité. Et rien d'autre.

Dans ce phénomène, il ne s'agit pas d'une insensibilité des travailleurs non qualifiés, mais d'une

1. Sarah Belouezzane, « Amazon continue sa course folle à la croissance », *Le Monde*, 30 janvier 2013.

conséquence de la nature du travail en lui-même. Il n'est pas seulement interdit de bouquiner dans les rayonnages, cela est tout simplement rendu impossible par le chronomètre et les statistiques.

Mounir a peut-être envie de découvrir Victor Hugo puisqu'il m'en parle. Son travail harassant et son employeur n'aident en rien la chose. La direction sait bien que le contact permanent avec les produits culturels ne peut laisser les ouvriers indifférents, et cela bien que la cadence les oblige à les considérer comme des produits comme les autres avant tout. Ces produits font pourtant l'objet de conversations pendant les pauses. Cette curiosité est détournée par les questionnaires et les actions psychologiques du « *have fun* » vers les seuls produits de l'industrie culturelle. Victor Hugo et les auteurs classiques n'y auront jamais droit de cité durant mes nuits de travail chez Amazon.

Au fil des nuits, je suis forcé de constater que les temps de pause ne m'offrent que deux fois cinq minutes de conversation avec les collègues, qu'ils soient intérimaires ou embauchés en CDI. Si, dans le cadre de mon enquête, il est important que je connaisse parfaitement le travail de *pickeur*, après deux semaines, c'est chose faite. Je sais désormais que ce travail est exténuant et rébarbatif, et qu'il altère l'humeur. Les sept heures quotidiennes ne font déjà plus avancer mon investigation.

Il me faut poursuivre mon infiltration tout en passant un nouveau cap. J'ai des difficultés à me concentrer, à prendre des décisions importantes, et je dois perpétuellement me méfier du tranchant de mes émotions, car la fatigue me met à vif. Si le rôle d'un travailleur intellectuel est bien évidemment de connaître cette partie du monde, l'usine lui est, comme à chaque homme, extrêmement hostile. Au terme de lentes réflexions, assis sur le canapé où j'ingère mes indispensables repas bouchée après bouchée, je décide de prendre davantage de risques dans ma collecte d'informations et de partir à la recherche de témoignages. Je suis en quête de personnes rodées à la confidentialité et capables d'avoir un regard critique sur les conditions de travail indécentes que je découvre chaque jour. Je décide d'entrer en contact avec la poignée de syndicalistes CGT de l'entreprise en me fixant pour contrainte de ne pas avoir à frapper à la porte du local syndical.

Après plusieurs nuits inconsistantes pour mon enquête, nuits passées à travailler laborieusement au cœur des kilomètres de rayonnages jusqu'à en perdre mon enthousiasme, je rencontre enfin lors d'une pause, par un heureux hasard, Simon.

Simon est agent d'exploitation logistique. Il travaille en production et s'est syndiqué après avoir signé son CDI. Tandis que nous évoquons le froid et la température, je fais une allusion discrète aux prémices du mouvement syndical dans l'entrepôt logistique : la grève menée en 2011 par une douzaine de travailleurs afin de protester contre le froid à l'intérieur de l'entrepôt, lutte dont j'ai lu une brève évocation dans une vieille coupure de presse du journal local.

« Oui, il a fallu que l'on fasse grève pour que ces enfoirés fixent une température normale dans le hangar », lâche-t-il soudain à voix basse. Qui ça, « on » ? « Nous, la CGT », me réplique-t-il doucement. À l'issue de la nuit d'ouvrage, face aux casiers où nous enfilons promptement nos vestes et nos bonnets, je lui demande discrètement son numéro de téléphone portable. Ce dernier, efficace, me le donne prestement sur un bout de papier.

XII

« La grève, c'était en février dernier. On était quinze, explique Simon. Les camarades de l'Union départementale sont venus nous aider et nous apporter des banderoles et des drapeaux rouges CGT. On protestait contre le froid dans l'entrepôt. En plein hiver, tout le monde y travaillait avec une doudoune, un bonnet et une écharpe. On se serait cru au ski, on se pelait le cul. Il faisait moins de quinze degrés dans l'entrepôt. La direction a tout fait pour nous mettre des bâtons dans les roues quand on a fait grève, ils nous ont obligés à nous placer assez loin, sur le rond-point, à l'extérieur du site. Quand j'ai voulu entrer dans l'atelier pour aller devant la pointeuse avant la prise de poste, les agents de sécurité ont joué les gros bras et m'ont ceinturé. Cela peut aussi servir à ça, un vigile, quand ça chauffe. Pour briser la grève, ils ont quand même essayé un truc dingue. Ils nous ont dit qu'ils avaient spécialement commandé des accessoires contre le froid. Tiens-toi bien : ils ont distribué des mitaines... Ils avaient oublié d'enlever les étiquettes du magasin de bricolage d'à côté. Pour qui nous prenaient-ils ? On ne pouvait tout simplement pas travailler dans ces conditions de froid extrême. La presse locale est venue couvrir notre grève et il y a eu un article. Après, il y a eu une température normale dans l'entrepôt. »

Je demande à Simon si c'est suite à cette grève que la direction s'est décidée à installer du chauffage.

« Tu rigoles ? Le chauffage était déjà installé ! C'est juste qu'ils voulaient faire des économies et ne chauffaient pas, ils laissaient volontairement une température de quinze degrés dans l'entrepôt. »

Quelques mois avant cette grève à Montélimar, le journaliste américain Spencer Soper publiait dans *The Morning Call* une enquête inédite[1] dans laquelle de nombreux travailleurs passés par l'entrepôt logistique Amazon de Lehigh Valley (à la frontière entre la Pennsylvanie et le New Jersey), aux États-Unis, livraient le récit édifiant de leurs conditions de travail. « Pendant les vagues de chaleur de l'été, Amazon s'arrange pour avoir des ambulanciers garés à proximité, prêts à prendre en charge un employé déshydraté ou souffrant de la chaleur », y écrit le journaliste.

1. Spencer Soper, « Inside Amazon's Warehouse », *The Morning Call*, 18 septembre 2011.

Il cite le témoignage d'un employé resté une année dans l'entrepôt, Elmer Goris. Ce dernier raconte avoir vu des ambulanciers faire sortir de l'entrepôt des travailleurs en état de malaise, en fauteuil roulant et sur des civières. Elmer Goris, âgé de trente-quatre ans et ayant dix ans d'expérience dans différents entrepôts logistiques, décrit ainsi son expérience : « Je ne me suis jamais senti à ce point traité comme de la merde que dans cet entrepôt. Ils peuvent faire ça parce qu'il n'y a pas de travail dans le coin. »

Dans cette enquête, un autre travailleur affirme sans détour : « Je détestais mon travail. » Le journaliste évoque aussi l'incroyable turn-over des très nombreux intérimaires, ces mêmes intérimaires à qui l'on promet dans le futur un hypothétique contrat plus stable afin de les inciter à travailler dur. Comme à Montélimar, avant les fêtes de Noël 2012.

Au même moment, tandis que je travaillais comme *pickeur* en France, des journalistes allemands réalisaient un reportage sur les conditions de travail de l'entrepôt logistique Amazon de Bad Hersfeld (Hesse), en Allemagne, pour la chaîne ARD[1]. Le documentaire expose en caméra cachée les conditions d'encadrement, de logement et de travail des intérimaires étrangers, notamment espagnols, employés par Amazon. Longues attentes sous la neige avant transport en bus bondés ; promiscuité des conditions d'hébergement

1. « Le "système Amazon" fait scandale en Allemagne », *Le Monde*, 18 février 2013.

dans des bungalows, au sein d'un village de vacances non exploité durant la période creuse ; renvois brutaux des intérimaires sans motif ; salaire moindre que celui promis dans l'offre d'emploi ; encadrement par des agents de sécurité violents, dont certains seraient liés à la mouvance néonazi, employés par une société sous-traitante ; fouilles de chambres musclées et arbitraires ; fouilles systématiques du personnel…

Malgré son statut de fleuron de l'économie numérique et son organisation du travail conforme aux derniers standards en matière de management et intégrant une technologie ultra-moderne, l'envers de l'écran du site marchand semble ramener les travailleurs d'Amazon au XIXᵉ siècle.

Simon ne sait pas encore que je suis journaliste. Je me suis décidé, après mûre réflexion, à lui téléphoner pour lui proposer un entretien en tête-à-tête. En plus de son précieux témoignage de travailleur en CDI, je veux lui demander de m'introduire auprès des représentants du personnel. Un peu avant notre prise de poste, nous mangeons ensemble. La zone industrielle dans laquelle se situe Amazon ne compte qu'un fast-food où nous pouvons nous retrouver. Simon a honoré le rendez-vous. Au calme, mais le nez rivé sur nos montres, nous discutons des conditions de travail.

« Bien sûr qu'ils savent pour la pointeuse. On demande à ce que le tourniquet soit la pointeuse, mais ils ne veulent rien savoir. De temps en temps, on arrive quand même à avoir des petits trucs. Quand ils ont mis la caméra de vidéosurveillance devant le local syndical pour voir qui entre et qui sort, on leur a demandé de changer l'axe. Ils l'ont modifié. »

Y a-t-il des taupes à la CGT ?

« Oui, mais on les a repérées, elles sont bien identifiées. »

Est-ce bien légal de demander, dans le cadre du travail, à ce que la productivité du travailleur soit en perpétuelle évolution ? Cela semble absurde quand on y réfléchit.

« Non, c'est limite illégal. Moi, je fais correctement mon travail, mais ils savent qu'il ne faut pas venir me faire chier avec ça. Ils savent très bien que c'est impossible d'augmenter tout le temps sa productivité. Mais ils demandent quand même. Si tu acceptes la logique, ils peuvent t'exploiter au maximum, jusqu'au bout, jusqu'à ce que tu craques. On a beaucoup de travailleurs en CDI qui sont en arrêt maladie. »

Simon s'arrête un instant, laisse planer un silence, et compte sur ses doigts les travailleurs « arrêtés », en murmurant l'historique de ces cassures, les prénoms et le motif de ces arrêts maladie. La liste est longue. Simon reprend : « En ce qui me concerne, comme pour tous les syndicalistes, on sait que nous n'avancerons plus dans notre carrière. Moi, je pourrais chercher du travail ailleurs, mais je reste aussi pour les autres. J'ai envie de construire l'action syndicale. »

Je ne révélerai qu'au milieu du repas mon identité de journaliste afin de prendre le temps d'expliquer pourquoi je me suis infiltré et quelles précautions nous pouvons mettre en place pour que Simon ainsi que les autres syndicalistes ne se sentent pas menacés par les éventuelles conséquences de mon enquête. Je propose à Simon de nous revoir une autre fois afin de recueillir longuement son témoignage. Je lui demande aussi de m'introduire auprès des syndicalistes à la tête de la section CGT.

« J'aimerais vraiment parler, il y a des choses que tu ne peux même pas imaginer, m'explique Simon. Mais je dois réfléchir d'abord. Je suis en CDI et je ne peux pas faire n'importe quoi. Ce que je te propose, c'est d'en discuter d'abord avec les autres syndicalistes. »

Quatre nuits de travail s'écoulent. Si les syndicalistes m'adressent des sourires, je n'obtiens aucun signe et pas davantage d'informations. Leur tiraillement est perceptible et m'affecte aussi. Si je veux recueillir leur témoignage, il est hors de question de les harceler et de faire pression sur eux pour leur extorquer des informations. Il faut que ce soient eux qui me confient leur témoignage.

Un après-midi, impatient, je me décide cependant à composer les trois numéros de téléphone de syndicalistes en ma possession. Tous semblent enfin décidés à parler puisque chacun me donne un rendez-vous pour un entretien individuel. Les jours suivants, il me semble que je suis arrivé au terme de mon infiltration. Les kilomètres de marche nocturne à travers les hangars sont toujours identiques, nuit après nuit.

À vrai dire, je ne sais pas combien de temps encore je serai capable de tenir à ce rythme. Il ne s'agit pas simplement du travail physique d'intérimaire, mais de la concentration supplémentaire qu'exige l'enquête. Je ne suis plus capable de percevoir les détails et de tenir correctement mon journal. Je suis arrivé au stade où il m'est tout juste possible de faire ce qu'Amazon souhaite me voir accomplir dans le cadre du salariat. Je sais mon temps d'investigation limité.

Mon infiltration en usine n'a, à mes yeux, plus d'intérêt. Seule la collecte des témoignages me paraît désormais utile. Je décide par précaution de rester encore quelques nuits supplémentaires avant de prendre ma décision finale : rester encore un peu, ou partir.

Quoi qu'il en soit, je décélère dans ma cadence de travail. Les statistiques de ma productivité baissent de manière vertigineuse. J'ai décidé de m'offrir un peu de répit et de lire dans les rayonnages, tous les quarts d'heure environ, la quatrième de couverture d'un livre. Cela me permet notamment de mieux découvrir l'incroyable diversité du stock. *Stock*, oui. Car il ne s'agit pas d'un fonds de librairie puisque toutes les marchandises de l'entrepôt ont vocation à ne rester que quelques semaines sur les étagères métalliques.

C'était prévisible. En pleine chute de productivité, ce n'est pas simplement le *lead* qui me demande d'accélérer la cadence, mais le *manager* en personne qui vient spécialement formuler une mise en garde : « Je ne comprends pas, Jean-Baptiste, s'étonne Patrick en m'imposant un regard dur. Les premiers soirs, on a vu que tu posais plein de questions, que tu étais très motivé pour travailler ici. Ta *prod* des premiers soirs était bonne pour un début. N'oublie pas qu'à l'issue de ta mission d'intérim il y a un CDI en jeu. Avec un CDI, tu pourras faire des projets. Regarde, j'ai pris un Post-it sur lequel j'ai inscrit ta *prod*. Sur les petits articles, tu es tombé à 61. Sur les gros produits, tu es légèrement au-dessus. Il faut très sérieusement que tu réagisses et que tu te reprennes. Je préfère te le dire comme ça, entre quatre yeux, pour que tu puisses réajuster le tir. Je te laisse le Post-it pour que tu puisses réfléchir à ça. Ce serait vraiment dommage de laisser passer cette chance de décrocher un CDI. »

Ce rappel est ce qu'Amazon appelle dans son règlement intérieur un « entretien informel ». Vous connaissez déjà les articles 16 et 16.1 du règlement intérieur. Le 16.2 codifie l'exigence des hauts rendements et prévoit tout un dispositif réglementaire afin d'acculer un travailleur qui ne respecterait pas la cadence infernale imposée par l'entreprise.

16.2 – PROCÉDURE D'AMÉLIORATION DES RÉSULTATS

Les étapes et procédures d'amélioration des résultats se basent en principe sur une procédure en cinq étapes. Amazon se réserve toutefois, selon les besoins, le droit d'effectuer des modifications et de supprimer des étapes, par exemple si une mauvaise performance persistante a de graves conséquences pour l'entreprise. Amazon reconnaît que chaque cas est différent et se réserve le droit d'adapter la procédure au cas par cas selon les circonstances. À chacune des étapes, l'entreprise indique les raisons pour lesquelles les résultats ne sont pas satisfaisants et recueille les explications de l'employé.

PREMIÈRE ÉTAPE

Entretien informel. Convocation par le supérieur hiérarchique, lequel indiquera la nécessité d'amélioration des résultats ainsi que les conséquences en cas d'absence d'amélioration des résultats dans un délai fixé, à savoir le déclenchement des phases formelles du processus tel que défini ci-après. Les observations découlant de cet entretien informel seront documentées et consignées dans le dossier de l'employé.

DEUXIÈME ÉTAPE

Premier entretien formel. L'absence d'amélioration après la première phase conduira au premier entretien formel, dont le but pour l'employé est d'envisager les résultats avec son supérieur hiérarchique. L'entreprise fera parvenir ensuite, dans les délais adéquats, une lettre d'avertissement indiquant les raisons pour lesquelles les résultats ne sont pas satisfaisants. La lettre d'avertissement précisera les points suivants :

– Le domaine dans lequel l'employé n'a pas atteint les objectifs des performances requises.

– Les objectifs d'amélioration.

– Toutes mesures, telles que les formations supplémentaires ou les contrôles, qui seront prises en vue de l'augmentation des résultats.

– La date de la prochaine évaluation.

– Les conséquences de l'absence d'amélioration dans les délais prévus.

Cet avertissement sera conservé dans le dossier de l'employé.

La troisième et la quatrième étape se ressemblent. Elles prévoient également des entretiens formels, des évaluations de contrôle, des avertissements, et préviennent qu'en « l'absence d'amélioration, si les objectifs fixés ne sont pas atteints, si l'employé n'est pas en mesure d'en fournir l'explication, le supérieur lui adresse un nouvel avertissement écrit. » Cela, avant que n'advienne la cinquième et ultime étape.

CINQUIÈME ÉTAPE

Licenciement. Si les résultats continuent à être insuffisants et que les objectifs fixés à l'expiration du dernier délai n'ont pas été atteints alors que l'avertissement écrit est toujours en vigueur, l'employé fera l'objet d'une procédure de licenciement.

Ce règlement intérieur s'adresse bien évidemment aux travailleurs en CDI puisque les intérimaires sont, pour leur part, sur un siège éjectable. Les premiers soirs, un *pickeur* prélève entre 50 et 60 articles par heure, soit entre 350 et 400 articles par nuit. Il lui faut rapidement plus que doubler son rendement, pour atteindre celui, exténuant, du *pickeur* modèle : 120 à 130 articles à l'heure. Un rythme dont la première conséquence, avant même la fatigue physique, est d'enrayer la pensée en créant un vide mental.

Durant l'une de mes dernières nuits de travail, je laisse volontairement des pièces de monnaie dans la poche de mon pantalon. Il est 4 h 52 du matin. Alors que je pousse le tourniquet de sortie définitive, une lumière rouge s'allume au *screening*. L'ampoule rouge ordonne de passer par le contrôle de détection des voleurs potentiels. Je me range dans la file des ouvriers retenus pour le contrôle. Un à un, les salariés passent sous le portique électronique, puis lèvent les bras en croix tandis que les vigiles font glisser sur eux la raquette en forme de matraque capable de détecter les métaux. C'est mon tour. Volontairement, je ne vide pas mes poches. Je passe et je sonne. Je déploie mes bras et sens l'objet glisser sur mon corps, y compris contre la partie intérieure de mes cuisses : j'ai peut-être caché quelque chose dans mon sous-vêtement. Sentir cet objet tout contre moi est extrêmement désagréable.

Ma mâchoire se serre. L'humiliation que je suis en train de vivre est celle que vivent, tous les jours, les ouvriers travaillant chez Amazon. Soudain, la raquette sonne à proximité de ma poche. « C'est quoi, ça ? me lance abruptement le vigile patibulaire au cou de taureau. – C'est rien, dis-je. – Quoi, c'est rien ? Vide-moi tes poches, et en vitesse. » Je n'ai pas le temps de discuter davantage que d'autres vigiles se sont déjà massés auprès de moi pour me jeter des regards accusateurs.

Je jette un œil derrière moi : des ouvriers attendent en file indienne de passer à leur tour le portique pour rentrer chez eux. Après un instant glacial, je ne prolonge pas l'affaire afin que les salariés qui attendent dans la file puissent enfin aller dormir. Je fais tinter la monnaie dans ma main et glisse d'un air naïf : « J'avais oublié d'enlever ces pièces. – Ouais. Faut toujours vider ses poches au *screening*. OK ? » me jette le gros bras en attendant mon consentement. Je n'acquiesce pas comme il le souhaite. Le silence, au fil des secondes, se fait de plus en plus lourd. « C'est OK ? OK ou pas OK ? » insiste-t-il. J'acquiesce d'un hochement de tête en plongeant mes yeux dans les siens sans baisser la tête, puis décide de m'en aller, impassible.

Dans mon dos, tandis qu'il passe à la raquette un autre ouvrier, il ajoute, d'un ton irrespectueux : « Allez, va t'coucher ».

XIII

Mon rendez-vous avec Simon a été fixé sur le parking d'un supermarché, à 16 heures. Arrivé avec un quart d'heure d'avance, équipé de mon sac à dos contenant calepins, enregistreur et stylos-bille, je déplie mes fiches de questions glissées dans la poche pectorale de ma chemise, histoire de vérifier que je n'ai rien oublié. Il est l'heure. J'essaie de me détendre et songe au chemin parcouru en un mois. Me voici presque en fin de course. J'ai consigné chaque jour dans mon carnet de bord tout ce qui a pu m'apparaître important. Mon infiltration m'a ouvert les portes de l'entrepôt logistique fermé à la presse. Je fais le bilan de mon enquête et parviens à la certitude que ces ultimes interviews de syndicalistes où je révèle enfin mon identité réelle arrivent à point nommé.

16 h 15. Je téléphone à Simon et laisse sur son répondeur un message l'informant de ma présence sur le parking. Il n'est pas arrivé en retard lors de

notre première rencontre. Je me rappelle que les jours suivants était née une complicité entre nous et qu'il avait été le plus enthousiaste à l'idée de m'aider. 16 h 30. Je laisse un second message, puis raccroche, en songeant très sérieusement qu'il doit être exténué. Viendra-t-il ? Peut-être a-t-il tout simplement oublié de se réveiller pour notre entretien... Après avoir songé pour me rassurer que travailler de nuit chez Amazon est si éprouvant que je ne peux en vouloir à Simon d'avoir éventuellement oublié de se réveiller, je réalise que je cherche mentalement à dénier ce qui intérieurement jaillit dans ma conscience. Il ne viendra probablement pas et il est fort possible que je patiente encore longtemps à guetter le sombre bitume.

Avec le temps, ce sentiment se fait de plus en plus fort et il me peine. Je suis seul ici, exténué, j'ai déployé de l'énergie afin de me rendre à ce rendez-vous et je ne pense de prime abord qu'à mon enquête : on m'a posé un lapin.

À l'autre bout du parking, j'aperçois un camion de crêpes, près de l'entrée du supermarché : « Chez Mimie ». J'ouvre la portière, puis la claque. Transpercé par les lames du vent glacial de la Drôme, je file me réfugier sur l'un des grands tabourets pour savourer un café fumant servi avec le sourire, tout comme la crêpe, meilleur moment de ma journée auquel j'ai décidé d'arrimer mon moral. Simon ne viendra plus. Simon ne répondra plus jamais au téléphone.

XIV

« L'année dernière, on a acheminé jusqu'à plus de 3 millions de produits en une semaine. »

Romain Voog, PDG d'Amazon France,
« Café Digital », *Les Échos*, 5 octobre 2012.

Les jours suivants, j'essuierai un second lapin. Après de nombreux appels, je recevrai un SMS m'expliquant sobrement que toutes les interviews ne sont plus à l'ordre du jour. Si je suis resté fort courtois avec les syndicalistes, intérieurement ma première réaction fut celle de l'égoïste, ne songeant qu'à son enquête, estimant inadmissible que des syndicalistes prétendant défendre les ouvriers puissent agir de la sorte avec un brave journaliste décidé à leur donner la parole. Je crois que la fatigue fut le terreau propice à cette colère intérieure qui bouillonna en moi et dont il me fallut bientôt comprendre l'inconsistance et la bêtise.

Pourquoi ces syndicalistes mandatés et déterminés à s'exprimer au sujet de leurs conditions de travail décident-ils soudainement de se raviser ? Si la raison tient en un mot de quatre lettres, la peur, il ne s'agit pas pour autant de lâcheté, mais d'une contrainte hiérarchique.

À la lumière de l'incroyable « annexe 7 » du règlement intérieur d'Amazon en vigueur dans l'entrepôt, tout s'explique. Je précise que cette « annexe 7 » est en totale contradiction avec les articles du Code du travail français. Pour pouvoir retranscrire ce passage du règlement intérieur définissant la « politique relative aux relations avec le public », je me suis rendu devant le panneau d'affichage de la salle de pause où il se trouve punaisé et je l'ai lu à voix basse, accompagné d'un fidèle allié, mon enregistreur.

ANNEXE 7 – POLITIQUE RELATIVE AUX RELATIONS AVEC LE PUBLIC

Amazon est une société cotée en Bourse sur le « US Stock Exchange » et a l'obligation légale de prévenir tout délit d'initié et de protéger les biens de la Société. La divulgation d'informations peut affecter négativement et de manière préjudiciable les activités et la valeur d'Amazon et peut entraîner votre responsabilité criminelle. Vous pouvez recevoir des questions directement lors de réunions, par téléphone, par e-mail, par lettre ou par tout autre moyen. Votre contrat de travail, cette politique et tout autre règlement de la société généralement applicable, vous interdisent de divulguer à quiconque toute information concernant les activités, les règlements, la direction ou le personnel d'Amazon, que cela ait été jugé confidentiel ou non, avec quiconque. Vous ne pouvez pas, en particulier, répondre aux médias ni à des personnes associées aux médias à des questions concernant Amazon, que ce soit dans un contexte social ou économique. Par ailleurs, vous ne pouvez divulguer des informations relatives à Amazon dans des forums publics comme l'Internet ou des blogs en ligne, à moins que votre contrat de travail ou votre emploi ne vous l'impose. Dans un tel cas, vous devez respecter strictement les directives établies par Amazon concernant le mode de communication sur ces blogs et forums. Cette politique précise les processus à suivre afin de vous permettre de répondre aux questions qui peuvent vous être posées à propos d'Amazon ou sur votre rôle chez Amazon, lesquels doivent être strictement respectés. Si vous n'êtes pas certain de la réponse à une question, veuillez vous adresser au service de presse d'Amazon au numéro indiqué ci-dessous. Ne répondez en aucun cas vous-même à ces questions. Cette politique s'applique à tout le personnel et tous les contractants. Toute violation ou toute divulgation d'informations relatives à la société pourrait constituer une faute dans le cadre de votre contrat de travail et pourrait entraîner la procédure disciplinaire ou la fin immédiate de votre contrat.

DEMANDE DES MÉDIAS ET DU DOMAINE FINANCIER

Seuls les employés ayant été spécialement désignés porte-parole par Amazon sont autorisés à s'entretenir avec des représentants des médias ou des analystes financiers sur les activités d'Amazon. Par conséquent, vous êtes tenu de ne répondre à aucune question venant des médias, quelles qu'en soient l'innocence ou l'insignifiance apparentes. Il s'agit là d'une condition très stricte étant donné qu'Amazon a très spécifiquement nommé quelques collaborateurs pour représenter l'entreprise vis-à-vis des médias. Le cas échéant, vous êtes prié de rediriger la demande au département bureau de presse d'Amazon : 01.56.XX.XX.XX. Toute demande d'interview ou d'apparition publique doit également être adressée à ce département. [...]

Il est essentiel que toutes les questions soient dirigées vers un des deux services susmentionnés [dont le service relations investisseurs, pour les questions d'ordre financier] qui sont les seuls habilités à les traiter. Vous êtes tenu de ne jamais répondre vous-même à des questions venant de la presse ou à des questions d'ordre financier.

POLITIQUE DE L'ANONYMAT

La divulgation au public ou à la presse de noms de personnes travaillant chez Amazon est strictement interdite, à moins qu'une procuration claire, spécifique et écrite de la part du département des communications stratégiques ne vous ait habilité à cette action. En effet, l'anonymat de vos collègues doit être préservé.

INTERDICTION DE DIVULGUER DES INFORMATIONS CONFIDENTIELLES

Le respect du caractère confidentiel des informations doit être absolu. Par conséquent, vous êtes tenu de ne jamais divulguer ce genre d'informations au cas où vous seriez abordé par un représentant de la presse. [...]

PUBLICATIONS, APPARITIONS PUBLIQUES, INTERVIEWS

À moins d'avoir préalablement obtenu un accord écrit du département des communications stratégiques, vous êtes tenu de ne pas vous entretenir sur les activités d'Amazon par le biais des supports suivants (liste non exhaustive) : articles publiés, livres, dissertations universitaires ou autre matériel écrit, interviews, apparitions publiques, films ou programmes de télévision, Internet ou autres intermédiaires électroniques (blogs inclus), tout autre matériel écrit ou oral publié ou retransmis au public.

Les propos relevant explicitement et implicitement votre emploi chez Amazon, ou permettant de déduire des informations concernant Amazon, sont également prohibés. Si vous souhaitez demander l'accord d'Amazon pour discuter en public des activités de l'entreprise, de votre rôle au sein de l'entreprise ou de votre travail chez Amazon en général, vous devez écrire au département des communications stratégiques ou au département des relations investisseurs en répondant aux questions suivantes :

– pourquoi souhaitez-vous révéler une telle information (c'est-à-dire quel est l'objectif de cette révélation) ;

– quel genre d'information aimeriez-vous révéler ;

– à qui aimeriez-vous adresser cette information ;

– quand avez-vous l'intention de révéler cette information ;

– donnez les coordonnées de la personne/compagnie à laquelle vous avez l'intention de révéler l'information.

Quelle que soit la forme du support écrit que vous souhaitez publier, par exemple un article, un discours, vous êtes également tenu d'en soumettre une ébauche à des fins de révision et d'obtenir un accord écrit. Amazon se réserve le droit de vous refuser, à son entière discrétion, le droit de discuter ou de révéler de telles informations. [...]

INFRACTIONS

Toute violation de ces réglementations pourrait porter atteinte à l'image ainsi qu'au nom d'Amazon et peut être considérée comme une infraction pénale. Par conséquent, toute infraction à cette politique est passible d'une procédure disciplinaire à l'encontre de l'auteur avec comme conséquence possible le licenciement.

Simon avait raison le premier jour où l'on a discuté ensemble en tête-à-tête. À la lecture de cet extrait du règlement intérieur, il est aisé de comprendre, selon sa propre expression, qu'« Amazon est un État dans l'État ». Il est compréhensible que certaines informations financières d'une grande entreprise soient stratégiques et requièrent un haut degré de confidentialité... Toutefois, cette Annexe 7 est très étonnante puisque le Code du travail ne restreint pas la liberté d'expression des salariés dans de telles proportions. Deux articles en attestent. D'abord, l'article L. 2281-3 qui stipule : « Les opinions que les salariés, quelle que soit leur place dans la hiérarchie professionnelle, émettent dans l'exercice du droit d'expression ne peuvent motiver une sanction ou un licenciement. » Ensuite, l'article L. 1121-1 : « Nul ne peut apporter aux droits des personnes et aux libertés individuelles et collectives de restrictions qui ne seraient pas justifiées par la nature de la tâche à accomplir ni proportionnées au but recherché. » Ces deux règles de droit, fruits des luttes sociales et du progrès humain, prolongent l'article XI de la Déclaration des droits de l'homme et du citoyen de 1789 : « La libre communication des pensées et des opinions est un des droits les plus précieux de l'homme : tout citoyen peut donc parler, écrire, imprimer librement, sauf à répondre de l'abus de cette liberté, dans les cas déterminés par la loi. »

Malheureusement, le rapport de force est tel que les syndicalistes d'Amazon vivent la peur au ventre. Ces militants sont tiraillés entre leur souhait de défendre les droits de tous les travailleurs et la nécessité de protéger leur propre poste. Tous les syndicalistes rencontrés m'ont affirmé qu'ils sont dans le collimateur de la direction et que leur carrière restera au point mort à tout jamais. C'est surtout leur CDI, l'emploi qui fait vivre leur famille, qui est perpétuellement menacé par une hiérarchie guettant le moindre écart. « Leur rêve, c'est clair, c'est de nous éliminer du radar », m'a confié Stéphanie, une adhérente de la CGT.

C'est pour cette raison que je n'ai pas cherché à forcer la confiance de ces syndicalistes. Ils ont discuté avec l'intérimaire infiltré chez Amazon que j'ai été, mais, dès lors qu'ils ont su que j'étais journaliste, ils ont refusé de témoigner afin de respecter le règlement intérieur pour ne pas s'exposer à des sanctions. Les faux bonds des syndicalistes révèlent avant tout leur malaise. Peut-être n'ont-ils tout simplement pas voulu assumer auprès de moi ce bâillon réglementaire qu'Amazon a noué sur leur bouche ? Un représentant du personnel ne brigue pas des mandats syndicaux dans l'espoir d'être muselé et de se taire. Derrière le silence de ces femmes et de ces hommes on sent la puissance de l'ordre mis en place par Amazon, qui n'est pas de la responsabilité des syndicalistes. Me revient alors le slogan de la multinationale inscrit sur les panneaux d'affichage :

WORK HARD
HAVE FUN
MAKE HISTORY

Après le « *work hard* » et le « *have fun* », la compréhension du slogan complet est devenue possible. Le « *make history* » se déroule, bâillons réglementaires sur les bouches. Pour Amazon, seul le sommet de la hiérarchie a le droit d'écrire l'histoire ; les autres la font, en silence, avec leurs bras et leurs jambes, à rebours du progrès social. Voilà pourquoi il est temps de s'interroger sur l'actuelle détermination de ministres et d'élus locaux membres du Parti socialiste à implanter sur le territoire national de nouveaux entrepôts logistiques Amazon.

« Pôle Emploi est prêt à partir en opération recrutement. Les services publics vont se mettre en place autour de l'implantation. Il faut que les gens qui cherchent un travail aillent à Pôle Emploi, se manifestent auprès de nos services. Plusieurs centaines d'emplois qui seront des contrats à durée indéterminée seront créés », annonçait Arnaud Montebourg à la presse locale, avec le sourire, lors de sa visite en Bourgogne en juin 2012.

Des contrats à durée indéterminée ? Mais combien, au juste ? Le lendemain du déplacement d'Arnaud Montebourg, le directeur des opérations d'Amazon.fr logistique Frédéric Duval était invité sur France Inter. L'homme osait alors affirmer ne pas connaître le nombre exact de CDI et d'emplois en intérim qu'Amazon s'apprêtait à créer à Chalon. Les seuls chiffres que Frédéric Duval a daigné communiquer sont ceux concernant les deux autres sites : « À Saran et à Montélimar, au moment de notre pic d'activité de l'année dernière en 2011, on avait 4 000 emplois au total, et 1 100 emplois CDI. »

Soit 2 900 intérimaires pour 1 100 CDI pour deux sites. Ce jour-là, le responsable d'Amazon a également ajouté : « Ce qui nous importe aujourd'hui, à Chalon, c'est de servir nos clients. Et pour servir nos clients, il ne nous faut pas des subventions. Il nous faut des gens motivés, passionnés par le service. D'ailleurs, si vous le permettez, j'aimerais remercier les gens qui travaillent tous les jours à Saran et à Montélimar et qui offrent ce service de qualité à nos clients. »

Quant au montant des subventions publiques, Frédéric Duval osa déclarer : « Je ne le sais pas », alors même que les montants des aides étaient déjà publiés dans la presse.

Mais combien d'emplois Amazon a-t-il réellement créés en Bourgogne ? En juin 2012, Arnaud Montebourg ne cessait de se réjouir de cette « renaissance économique pour la région, [de ce] message d'espoir pour les territoires français qui ont connu un séisme économique[1] ». Pour les cadres d'Amazon, comme pour Christophe Sirugue, le député-maire PS de Chalon-sur-Saône[2], il s'agit de « plus d'un millier » d'emplois qui vont être créés. Huit mois plus tard, à la date du 22 février 2013, seuls 303 salariés travaillent en CDI à temps plein sur le site logistique d'Amazon. Durant le pic d'activité qui a précédé les fêtes de Noël, le site a bien employé plus de 950 personnes, mais plus des deux tiers d'entre elles étaient intérimaires[3].

En juin 2012, ni le gouvernement français, ni les collectivités locales, ni Amazon n'avaient accepté de communiquer le montant des subventions publiques allouées à l'entreprise pour ces « créations d'emplois ». La multinationale pratique sans scrupule l'« optimisation fiscale », pour le bonheur de ses actionnaires. Depuis que le fisc français lui réclame plus de deux cents millions d'euros d'arriérés, les montants des subventions publiques sont aujourd'hui connus. Pour chaque emploi créé, Amazon a reçu de la région Bourgogne 3 400 euros, du conseil général de Saône-et-Loire 1 100 euros, et de l'État 1 000 à 2 000 euros. Soit, au total, une estimation basse de

1. « Montebourg à Amazon : "Je ne cache pas mon contentement..." », *Libération*, 25 juin 2012.

2. « Montebourg confirme l'implantation d'Amazon à Chalon-sur-Saône », *Le Monde*, 25 juin 2012.

3. « Amazon en chiffres », *Le Journal de Saône-et-Loire*, 23 février 2013.

5 500 euros par emploi pour une enveloppe représentant déjà plus d'un million et demi d'euros pour ce seul entrepôt.

Quand un journaliste les lui présente sur un plateau de télévision à une heure de grande écoute, Arnaud Montebourg ne dément pas ces chiffres[1] : « Je ne vais pas botter les fesses de ceux qui créent des emplois ! » a-t-il déclaré.

Le gouvernement et d'autres élus locaux envisagent désormais de récidiver afin d'accompagner la future création du quatrième entrepôt géant dans la région Nord-Pas-de-Calais, toujours au nom de ces embauches concentrées sur de rares zones d'activité. Ces emplois viendront pourtant en détruire jusqu'à dix-huit fois plus sur tout le territoire national, mais plus tard. Ces implantations, en somme, ne sont pas celles du redressement *productif* mais *destructif*.

Au Royaume-Uni, des consommateurs ont décidé de pallier l'inaction de l'État en suivant la campagne de boycott d'Amazon[2], lancée par le magazine *The Ethical Consumer*[3] : par ce biais, ils entendent protester contre l'évasion fiscale pratiquée par l'entreprise. Selon les chiffres du Commons Public Accounts Committee, pour 2011, année où elle ne s'est acquittée que de… 1,8 million de livres d'impôt

1. « Des paroles et des actes », France 2, 24 janvier 2013.
2. « Campagne de boycott contre l'évasion fiscale d'Amazon », ActuaLitté, 19 décembre 2012.
3. Voir le site anglais : www.ethicalconsumer.org

sur les sociétés[1], Amazon a fait un chiffre d'affaires de 2,9 milliards de livres sterling pour le seul commerce de livres au Royaume-Uni. Si les revendications ne visent pour l'heure que le comportement fiscal d'Amazon, peut-être demain des citoyens responsables décideront-ils d'évoquer le volet social de cette entreprise.

Car, au-delà de l'activité de librairie en ligne, c'est bien l'ensemble du commerce physique, de la grande distribution, qui est bouleversé par les commandes sur Internet. Numéro un mondial à la progression fulgurante, Amazon n'est certes pas le seul commerçant en ligne, mais son modèle d'organisation du travail est déjà copié : il se répand très vite. La grande distribution inaugure de plus en plus de *drive-in*, reconvertissant d'anciens hypermarchés en hangars logistiques où les clients viennent prélever eux-mêmes leurs courses commandées par Internet et emballées. Comme les enseignes réalisent d'importantes réductions de coût avec cette formule, il y a fort à parier que la traditionnelle activité des hypermarchés va avoir tendance à se muer en sous-division de *picking* et de *packing* logistique dans ces *drive-in*, comme chez Amazon.

De nombreux emplois, dans les grandes surfaces, sont donc appelés à disparaître en faveur d'un recours accru aux intérimaires, qu'il suffit d'aller recruter dans

1. « Lib Dems plan tax hit on Amazon and Google », *The Bookseller*, 21 janvier 2013.

l'inépuisable vivier des jeunes travailleurs précaires. Ce sont eux, ces nouveaux travailleurs invisibles que Frédéric Duval qualifie de « passionnés du service ». Je n'ai, pour ma part, rencontré que des jeunes, et quelques seniors, matériellement contraints d'accepter un travail peu rémunérateur. À l'image de Mounir qui, durant une pause, m'affirmait : « Ce boulot chez Amazon, faut dire la vérité comme elle est, quoi... C'est vraiment de la merde. »

XV

Quelques jours avant que les syndicalistes n'annulent les rendez-vous, j'annonçais ma démission aux *managers*. Cette nuit-là, j'étais encore assis à côté de Simon.

Comme c'est la coutume, chaque fin de semaine, les membres de l'équipe de nuit se sont retrouvés après le travail, l'instant d'un petit déjeuner convivial. Tous les participants ont donné un euro à celui chargé d'aller acheter le nécessaire. Une pratique « *have fun* » bien évidemment encouragée. Tandis que le pot de confiture premier prix passe de main en main, brioches et tranches de pain de mie s'épaississent de pâte à tartiner avant de disparaître sous le tranchant des incisives. Autour de la table, il y a ces visages désormais familiers que je m'apprête à quitter : Justine, Ibrahim, Mounir, Simon et bien d'autres. Mon regard croise aussi celui des *leads* et des *managers* présents, bien plus détendus que sur le *floor*. Un bâillement contagieux ricoche de travailleur en travailleur pour étirer les visages éprouvés. Réceptionnant le cacao en poudre qu'un intérimaire vient de lui envoyer, le *manager* Patrick s'amuse et tente une plaisanterie : « Attention au respect des règles "*safety*", on ne jette pas le chocolat ! »

Associates, *leads* et *managers*. Tous sont réunis autour de la table, la même carte verte autour du cou. Ils ont entre vingt-cinq et trente-cinq ans. Ils partagent d'identiques expressions de fatigue, leurs visages ont tous cette peau terne, blafarde, salie par la poussière des entrepôts. Leurs yeux sont réduits, cernés, charbonnés. À force de fatigue, ils sont devenus inexpressifs. Mon visage est semblable au leur, il affiche une terrible hébétude dont je connais maintenant l'origine. Au loin, une femme semble s'être muée en statue de sel et reste immobile, les yeux exorbités. Sa tête repose entre ses mains. À son attitude, je crois d'abord qu'elle est en train de lire quelque chose posé sur la table. En réalité, face à ses yeux épuisés, il n'y a rien d'autre que le vide.

Certains n'ouvrent la bouche que pour avaler puis mâcher le pain brioché, mais d'autres parlent. D'abord pour ne rien dire. Puis, après ces lourds instants où les banalités semblent être les seuls propos autorisés, soudain les langues se délient.

Conjurant le sentiment de solitude qui s'est imprimé sur chaque visage, les phrases se font plus longues. Elles évoquent la vie familiale. Les parents d'enfants en bas âge sont les plus loquaces. Tous subissent les contraintes du travail de nuit. Les salariés en longue maladie pour accident, grave problème de dos ou dépression ne sont pas là pour témoigner. Mais ici, entre parents, peu importe le grade dans l'entreprise, tous échangent et se comprennent. L'un explique qu'il ne se couche généralement qu'après avoir emmené ses enfants à l'école, pour dormir ensuite jusqu'à 16 heures, avant d'aller les chercher. Les autres acquiescent et affirment s'être également organisés ainsi. L'envers de l'écran, c'est aussi cela.

Demain, et les jours suivants, les colis continueront de quitter l'entrepôt Amazon pour arriver dans des boîtes aux lettres, au rythme des commandes des clients.

Je les contemple tous, ces femmes et ces hommes évoluant dans la même usine aux mêmes horaires, lestés de la même fatigue, puis songe à l'artificiel antagonisme hiérarchique entre eux, alors qu'ils subissent la même organisation du travail. L'ordre que les *managers* acceptent de défendre et font appliquer à leurs subalternes est-il le leur ?

Silencieux, avalant une gorgée de café tout en observant le cordon orange de *manager* que porte Patrick autour du cou, je me remémore ce propos d'une salariée en CDI croisée en pause et consignée le soir même dans mon journal : « Les managers ont une vie aussi merdique que celle de nous autres, si ce n'est que, nous, nous avons leur pression, et que, eux, ils ont la pression qui vient de plus haut. » Autour de cette table, rien ou presque ne les distingue. Bien qu'ils bataillent parfois les uns contre les autres dans l'atelier, acceptant les injonctions des taux de productivité, ils sont ici rassemblés, unis par les souffrances qu'ils endurent au fil des nuits, s'épuisant à en perdre haleine pour créer les immenses richesses de la multinationale, dont ils ne récoltent que des miettes.

Ces miettes de brioche qu'une éponge humide pousse maintenant vers le bord de la table. Alentour, les chaises se vident peu à peu. Je suis prostré. J'ai terriblement sommeil. À travers la vitre du préfabriqué de la salle de pause s'allument les blocs optiques des voitures quittant une à une le parking de l'entrepôt. Mon ultime nuit d'infiltration vient de s'achever.

Dans quelques heures, la lumière relèvera les couleurs de l'austère entrepôt logistique et de son parc de stationnement. Viendront s'ajouter au décor les énormes berlines allemandes flambant neuves, stationnées sur les places dédiées à la direction. Pour l'heure, ma voiture, dont les vitres grandes ouvertes laissent pénétrer l'air glacé, toussote seule, dans l'obscurité, sur un maigre ruban d'asphalte découpé par ses phares. Merveilleuse et magistrale, l'aube point. Je ne peux m'empêcher de songer aux ouvriers qui traversent le parking que je viens de quitter. Aucun de ces travailleurs de l'équipe du matin ne verra naître le jour. Tous sont prêts à prendre leur poste.

Entendez-vous le silence se rompre ? Tendez donc l'oreille. Déjà claquent les portes des casiers métalliques.

Montélimar-Toulon,
novembre 2012-février 2013.

« Le vade-mecum de l'intérimaire »
Terminologie amazonienne

FICHE PICKING

Amnesty Bin : Bin dans laquelle on pose des articles perdus

Asin : Identité de l'article chez Amazon (Amazon Standard Identification Number)

Batch : chariot

Bin : emplacement dans l'étagère, dans les allées.

Bin de masse : idem mais de taille supérieure.

Buffer : Zone de stockage des chariots

Damage : article endommagé

Ean : code barre

FC : Fulfillment center = centre de distribution

Floor : atelier

HRV : téléphones portables, MP3, appareils photos numériques, tablettes tactiles, GPS..

ISBN : Identité numérique d'un livre

IRDR : Taux d'erreurs en stock (Inventory Record Defect Rate)

Large : article/commande volumineuse

FICHE PICKING

Manquant : Article enregistré informatiquement mais absent physiquement

Mappage : création d'une étiquette de code-barre et/ou article non-scannable

Multi : multiples, correspond à plusieurs articles d'une même commande client.

P-slip : Facture du client

Non Con / Non Sort : Articles ne pouvant pas en raison de leur taille/poids/volume être transportés dans les bacs

Packing : emballage d'une commande client

Picking : prélèvement d'articles en bin pour une commande

Pick Path : chemin de picking

Premium : Commande client prioritaire

Single : commande d'un seul article

Solving en production : Poste qui consiste à résoudres les problèmes d'une commande client.

Tote : bac et/ou chariot (silvercart)

VSOP : Le process étape par étape (Visual Standard Operating Procedure)

MEMO P…

L'ARTICLE QUE JE DOIS PRELEVER N'EST PAS PRESENT DANS LA BIN (= MANQUANT)
"m" enter,scanner la bin, scanner chaque article de la bin,selectionner"toujours dans l'impossibilité...".Je continue mon picking.

L'ARTICLE QUE JE DOIS PICKER EST ENDOMMAGE.....
"D" -> Scanner l'article -> Scanner bin damage(à côté d'une amnesty bin)

JE TROUVE UN ARTICLE AU SOL...
Je le mets dans l'Amesty Bin la plus proche.

JE PARS EN PAUSE.... En multi,je me délogue.En single, F "entrée",je ramène ma tote en zone packing et je me délogue.

J'AI UN PROBLEME DE BIN.... B puis Entrée

REGLES SECURITE

1.<u>Circulation</u> : priorité piétons, ne pas courir, vigilance sortie des allées
2.<u>Gestes et postures</u> : sous-peser les articles, haut de l'épaule max., garder le dos droit, teamlift dés 15 Kg, ASIN en façade
3.<u>EPI</u> : gants, gilet et chaussures
4.<u>Chariot</u> : pousser les chariots à 2 mains, scan posé, armoire de rebin par les poignées
5.<u>palettes</u> : bon état et à plat, 1m80 max., pas de pied sur les palettes sauf présence plaque, timon à 90°, transpal à hauteur
6.<u>Ordre et propreté</u> : marquages
7.<u>Habilitations</u> : quai,compacteur, palettier, filmeuse, PIT, SST
8.<u>Convoyeur</u> : cheveux attachés, pas passer en dessous si inf. 1m80, pas de main sur le convoyeur, emplacements rouge & blanc respectés, arrêt d'urgence
9.<u>Quai</u> : check-list, chauffeur hors de la cabine, cale en place
1.<u>Engins de manutention</u> : check-list, klaxon, vitesse adaptée, distance de 6m

Photocomposition Nord Compo
Villeneuve-d'Ascq

Impression réalisée par
CPI BRODARD ET TAUPIN
La Flèche

pour le compte des Éditions Fayard
en avril 2013

PAPIER À BASE DE
FIBRES CERTIFIÉES

Fayard s'engage pour
l'environnement en réduisant
l'empreinte carbone de ses livres.
Celle de cet exemplaire est de :
0,600 kg éq. CO_2
Rendez-vous sur
www.fayard-durable.fr

Imprimé en France
Dépôt légal : avril 2013
N° d'impression : 73214
36-57-4368-1/01